EL FILÁNTROPO

EL FILÁNTROPO

ARMANDO FERNÁNDEZ VARGAS

Para realizar pedidos de este libro, contacte con:
Palibrio
1663 Liberty Drive
Suite 200
Bloomington, IN 47403
Gratis desde EE. UU. al 877.407.5847
Gratis desde México al 01.800.288.2243
Gratis desde España al 900.866.949
Desde otro país al +1.812.671.9757
Fax: 01.812.355.1576
ventas@palibrio.com
851402

«Mi amor abre pecho a la muerte y despeña
su suerte por un tiempo mejor.»

Silvio

ÍNDICE

PRÓLOGO

||||||||||||||||||||||||||||||||||||||||||||||||||||||||||||||||||||||||||||||||||||||||||||||

nspirado por un gran amor a la humanidad, El Filántropo llegó a esta ciudad en busca de un tal Thomas Pelícano. Se había prometido matarlo. El Filántropo se hizo esa promesa cuando supo todas las canalladas que Pelícano cometía contra los humildes y sencillos. Las víctimas del Pelícano eran esas gentes simples y tan pobres, que es un enigma saber cómo sobreviven en la honradez. El Filántropo supo de todas las veces que haciéndose el bravo, Pelícano se negaba a pagarles. Los amenazaba con la Ley. Sus empleados eran en su gran mayoría inmigrantes indocumentados; gente tan pobre, y tan abandonada de la mano de la misericordia, que si Dios existiera, no le alcanzaría toda la eternidad para disculparse con ellos. Pelícano hacía que la gente trabajara para él sin un contrato, y luego cuando era tiempo de pagarles, se rehusaba a darles un centavo. A los que eran inmigrantes indocumentados, él les llamaba el Departamento de inmigración y luego se les reía en la cara. El Filántropo se imaginó él también riéndose, pero frente a la cara de Pelícano, luego de haberlo matado. Pero de inmediato dejó de pensar en eso, porque recordó que en su corazón no debía guardar rencor contra los demás. De todas formas, cuando El Filántropo supo las sinvergüenzadas de Pelícano, se dijo que se las cobraría caro. Tanto dolor, tanto abuso y tanta injusticia no podían pasar desapercibidos.

El Filántropo había escuchado decir que Thomas Pelícano era un hombre muy rico y poderoso y por ende, peligroso. Le habían contado que él era diestro en el arte de cometer fechorías y como trabajaba para el gobierno de la ciudad, tenía la mala costumbre de torcer las leyes a su favor. Aquí recordando una cita de Mark Twain, El Filántropo pensó eso de que los del gobierno, son como los pañales, que deben ser cambiados a cada rato y por la misma razón. Decían además del Pelícano, que era un «huele braguetas» de los políticos de esta ciudad, y que actuaba al margen de la Ley. Y ya conocen ustedes los dichos esos que dicen que: «entre bueyes nunca hay cornadas» y el otro que asegura que «una mano lava a la otra". Decían de Thomas Pelícano además de que estaba acostumbrado a escuchar que lo trataran de «usted y señor». Le gustaba que le dijeran: «sí señor. Es como usted dice señor». «Por supuesto que es así, señor. «Sera como usted lo ordene, señor». «Tiene usted toda la razón señor». «Incluso ahora que me fijo bien, usted hasta debe cagar bonito, señor». Bueno, quizás no decían eso, pero creo que ya tienen una idea de lo que les quiero decir.

El Filántropo llegó aquí como llegué yo, siguiéndole la pista a algo. El buscaba a Thomas Pelícano y yo le seguía la pista a él.

Se me había olvidado presentarme, mi nombre es Antonio Tigre. Ahora soy camionero jubilado. Me pase media vida recorriendo el país de un extremo a otro en mi camión transportando plátanos. Mi verdadera vocación, sin embargo, era ser policía. Mi padre había sido sargento en el DF y yo pensé que ese antecedente me serviría como una garantía para ingresar a ese departamento yo también. ¡Qué va! no fue posible. A todos y cada uno de los lugares donde fui buscando empleo alegaban todo tipo de excusas para que yo no entrara y me rechazaron como a una camisa con grajo. Un día me cansé de mendigar empleo y terminé montándome en el tren de la muerte y terminé aquí en Gringolandia trabajando de jornalero.

También aquí intenté ser policía, y tampoco tuve éxito, o mejor será decir que no me lo permitieron. En los Ángeles, por ejemplo, me negaron el ingreso argumentando que yo estaba muy gordo y que mi inglés era incomprensible. En otras ciudades me decían la misma basura. Y yo comprendí que la verdadera razón era que no confiaban en un mejicano aindiado como yo. Pronto me dije, que se vallan a la fregada. Y fue así como terminé de camionero.

Pero dicen por ahí que el hijo del tigre nace con las rayas y eso debe ser verdad. Mi pasión por ser policía siguió viva. Y terminé convirtiéndome en lo que fui: un camionero con instinto de policía. Una noche que pasaba por un bar en Tijuana escuché la conversación de dos policías que hablaban sobre un asesino en serie que mataba a sus víctimas a martillazos. En esa ciudad, ya les había limpiado el pico a ocho exprisioneros acusados de violaciones y de matar a inmigrantes indocumentados. Recordé que había escuchado una historia más o menos parecida en otros puntos del país: la del vigilante del martillo que eliminaba a los tipos peligrosos. Y mi instinto policíaco me dijo que o estábamos hablando de un ejército de martilleros o de un trabajador al volante, un ajusticiador que se transportaba de una ciudad a la otra para hacer su trabajo. Entonces, me dediqué a rastrear las pistas del hombre del martillo.

Cuando aquí en ciudad Corsario aparecieron las primeras víctimas, me dije que el tipo debía ser joven, amigable, con pinta de inofensivo. Una tarde vi a un entrenador de fútbol que durante un juego decisivo no levantaba la voz, y con nervios de acero dirigía su equipo a la victoria. Y me dije, el que busco debe tener una calma de estatua, como la de ese tipo. Noches después volví a ver al entrenador de futbol caminando con su perro por una calle oscura y supe que él no era de aquí, que había llegado hacia no más de dos años, justo cuando comenzaron a aparecer las primeras víctimas y me dije: éste debe ser mi hombre.

Desde entonces lo seguí como una sombra. Mejor sería decir que lo seguí como una corriente de agua busca el nivel del mar, pero se seca en el camino. Todas las noches lo observaba alejarse caminando con su perro. Luego, cuando pensaba que no lo estaban mirando, entraba a su auto y regresaba en horas de la madrugada. Para que no se percatara de que lo estaba siguiendo, durante algún tiempo debí guiar a oscuras, hasta que logré colocarle un sistema de posicionamiento global, que también llaman GPS a su Honda, CRV.

Fue como la quinta vez que lo seguía, cuando en una ocasión mientras andábamos por un callejón comercial, que sentí la frialdad de una pistola en la nuca, y escuché las palabras que me decían: «Antonio Antonio, ¿por qué me persigues?, ¿Quién eres señor? - pregunté y al mismo tiempo me puse de rodillas pues pensé que me había llegado el momento. ¿Qué quieres que haga? Pregunté. Y él me contestó, levántate y se te dirá lo que tienes que hacer». Me levanté temblando, y hubiera sido lógico que me hubiera dado con la pistola en la cabeza y me hubiera quedado siego por un par de días, pero no. Volví a casa sano y salvo. Sin embargo, al día siguiente El Filántropo pasó por allá. Me dijo tienes dos opciones: me denuncias a la policía o me ayudas a limpiar el patio. Y volví a preguntarle: señor, señor ¿qué quieres que yo haga? Y me contestó una vez más: ya os he dicho lo que tenéis que hacer.

¿Han visto la película El Padrino?, ¿No? Pues yo sí y El Filántropo también la había visto. El Filántropo me dijo: «un día de estos y tal vez ese día nunca llegue, te pediré que me hagas un favor. Por ahora, acepta este regalo como una forma de justicia» y diciendo eso, sacó de una caja de las herramientas dos cigarros. Me regaló uno y con el suyo, aún apagado, se puso a fumar haciendo los mismos ademanes de Vito Corleone.

El Filántropo no había podido dar con Pelícano y mientras lo buscaba, se tropezó con otros parásitos sociales igualmente dañinos y se había entretenido quitándolos del medio. Él se llamaba Bertilio Suárez. Ese es el nombre con el que inicialmente lo conocí. Luego, cuando me contó que se cambiaba de nombre como un camaleón cambia el color para camuflarse, que lo de su nombre no era más que uno de sus tantos relajos, yo continué llamándole simplemente El Filántropo; es que de verdad lo era. Mi ex vecino El Filántropo era además un excelente fontanero, un destacado entrenador de fútbol y un muy buen cantante de boleros. Decía él sentir un gran amor por la humanidad, aunque estaba de acuerdo en darlo un vergazo a muchos, y dejarlos tiesos. ¿No es eso una contradicción? - le pregunté una vez. «No señor, no lo es» - me respondió él. Y me explicó que, aunque amaba a la humanidad con el centro de su corazón, y se preocupaba por el bienestar de la gente, eso de ninguna manera, razón o circunstancia significaba que quisiera a todos los humanos por igual. No no no, todo lo contrario, decía que el mundo está plagado de ciertos elementos (esa fue la palabra que usó, «elementos», como si hubiera estado hablando de química) a los que hay que eliminar sin contemplación, si es que de verdad queremos el bienestar de la gente buena. De la misma forma, es necesario extraer las «manzanas podridas», para que no se arruinen todas las demás del canasto. «Todos nos equivocamos, nadie es perfecto. El único perfecto es Dios porque no existe. Por eso hay que ser tolerante con los que se equivocan y tratan de redimirse. Pero aquellos que cometen errores a propósito y lo continúan cometiendo porque les genera un beneficio, no

PRIMER CAPÍTULO

||||||||||||||||||||||||||||||||||||||||||||||||||||||||||||||||||||||||||||||||||||

Mientras estiraba las patas, nuestro paladín de la justicia le puso el calzado a su víctima como mejor pudo, para así no dejar ninguna pista, pero luego de arrastrarlo, y de luchar con su cuerpo inerme por un buen rato, no se percató cuando el cadáver perdió un zapato.

Arrastró el cuerpo hasta uno de los cuartos de servicio. Después de un supremo esfuerzo, pudo sentarlo en una silla de ruedas. Montado, lo deslizó hasta la parte trasera del octavo piso. Al cruzar el umbral de la última puerta del pasillo, encontró el primer obstáculo: un peldaño de mármol. El ascensor de cargas estaba en un anexo. Las ruedas de la silla eran muy pequeñas para pasarle por encima a ese escalón. El Filántropo no tenía más solución que cargar el cuerpo hasta la cabina del ascensor. Inicialmente el Filántropo intentó levantarlo, como se cargan los bebés, y casi se quiebra la espalda. Él había escuchado hablar sobre objetos a los que, para expresar la gravedad de sus masas físicas en la balanza se les dice que pesan como un muerto; nunca antes se había imaginado un ejemplo mejor ilustrado. -Un muerto pesa una exageración-pensó. Abrazó el cadáver por la espalda, cuidándose de no embarrarse con la mazamorra de la cabeza, y finalmente pudo deslizarlo hasta el ascensor.

El chamaco había estado descalzo, contemplando la eternidad de la noche y tomando el fresco, cuando junto con la brisa fresca entró El Filántropo en puntillas y le propinó el ñemaso con que le rompió el temporal derecho y lo mandó a dormir el sueño eterno de los que habitan los dominios del dios Hades.

-Pobre muchacho, tan buenmozo, pero no tuve más opción que terminarle el juego-, se dijo El Filántropo

Bertilio Suarez, a quien mejor conocí con el nombre de El Filántropo, había dejado su Honda CRV estacionado en el área reservada para las personas con discapacidades físicas. Lo acercó aún más. Los ojos de su perro, El Capitán Nemo, brillaban en la penumbra de su auto, como el destello de dos cocuyos nerviosos en una noche oscura. Su amigo el canino, estaba tenso y lo observaba con la misma fascinación con que se aprecia el callado deambular de un fantasma o el sublime desplazamiento de un manto de neblina en una pradera. No movía un solo músculo de su cuerpecito desmirriado y al ver a su amo llegar arrastrando el cuerpo de ese mastodonte descalabrado, con una mirada casi humana, el perro parecía preguntarle: ¿Amo, qué diablura has cometido esta noche?, te noto sudado y nervioso. ¡Carajo!, ¿Amo, ya te despachaste a otro? ¿Por eso estás tan cauteloso? ¿Eh Amo, eh?» Su amo lo ignoró, y de inmediato comenzó a entrar el cuerpo, de quien hasta esa noche había sido don Lecher Igor Wallaskavik, un magnate de la construcción en esta ciudad.

El Filántropo había estudiado al excamarada Wallaskavik por un buen tiempo antes de hacerle esa última visita. Wallaskavik era un tipo alto, de cuerpo moldeado a fuerza de ejercicios, pelo rubio, piernas fuertes y firmes como trancas de guayacán. La primera vez que lo vio, El Filántropo se había plantado en el parque, que estaba a una cuadra de su oficina. Se pasó gran parte de esa mañana fingiendo leer el periódico. Leía el periódico por un instante y echaba un vistazo a su alrededor mientras simulaba arreglarse la cola del cabello. Así es, Bertilio Suárez, El Filántropo tenía el pelo largo y se tejía en él una crineja. ¿Cómo se lo habían imaginado?

Ese mediodía, mientras aparentaba leer, El Filántropo vio a Wallaskavik llegar y se impresionó con su gallardía de hombre ya no tan joven, a quien todavía no le han abandonado los rasgos de sus mocedades. La suerte parece que acompaña a los malvados hasta el final. Pero qué se le va a hacer, esa es otra de las injusticias de Dios. Era un día caluroso de este verano y Wallaskavik llegaba vestido con ropa casual: zapatos deportivos, pantalón vaquero marca Levi's, un poliéster ceñido por donde se reflejaban y sobresalían los relieves de sus músculos y traía en la mano un ejemplar del New York Times. El llevaba puesto además, lentes oscuros y una gorra que anunciaba: NIKE. Daba la impresión de que su vestimenta, más que cubrirle el cuerpo, lo exhibía de una forma soberbia. Al ver la "cordillera" de sus bíceps que resaltaban como dos peñascos en esos brazotes erizados de músculos, El Filántropo se preguntó cómo diantres se las haría para pelar ese gran plátano. Cuando lo vio más cerca, al vislumbrar el plante de su belleza varonil, la admiración del Filántropo se convirtió en asombro. Poco le faltó para que dejara su periódico abandonado en el asiento, se le acercara y le dijera: «hola papacito, quiero que me des un beso y que luego me lo metas todo, hasta donde dice Cirilo». Pero él no llegó a tanto. El Filántropo no era uno de esos a los que «se les moja la canoa» por un buen macho. Aunque si pensó que al lado de Letcher Igor Wallaskavik, Vitali Klitschko hubiera parecido un mico matado a escobazos. Hasta se imaginó al compa Wallaskavik al lomo de un caballo cabalgando, mientras la brisa del campo le despeinaba su hermosa melena. Con la rienda de su caballo en una mano, y con una espada en la otra, el excamarada Wallaskavik hubiera sido tremendo modelo para una estatua. «Un tronco de hombre» -siguió pensando él en su contemplación, y hasta pensó que en la antigüedad, su rostro hubiera sido digno de ser esculpido en monedas de oro. Ahora en la actualidad, no se hubiera sorprendido si su cara hubiera aparecido en las monedas corrientes de cualquier país bien apoyado económicamente o como insignia de algún regimiento militar. Sin dudas, siguió él especulando, y distraído en su reflexión, los progenitores de Letcher Igor Wallaskavik bien pudieron ser descendientes directos de los hunos, la legión de nómadas que con Atila causaron el pánico en lo que hoy es Europa. No le fue difícil imaginarse a Atila y los hunos desfilando por los pueblos conquistados, haciendo alarde de su poderío y de sus hermosas cabelleras. Sin quitarle la mirada de encima, El Filántropo se decía para sus fueros internos: «Y quien sabe si los ancestros de Wallaskavik se enfrentaron a los míos, y mis viejos fueron vilmente derrotados por ellos».

Ahora, tratando de justificar el plan que se estaba tramando, a los labios del Filántropo se asomaba el preludio de una sonrisa cínica, y se frotaba las manos, mientras pensaba que el universo, el más bondadoso de todos los dioses, le estaba otorgando la oportunidad de vengar a sus antepasados, liquidando a un descendiente de Atila y los hunos.

En esta gran ciudad, viviendo entre el poder y la opulencia, Wallaskavik aparentaba ser el vivo arquetipo del hombre agresivo y enérgico a quien la vida ha beneficiado guiándolo por un camino de sombras y sin tropiezos. Pero El Filántropo, que estaba acostumbrado a deambular entre las sombras, conocía mejor que muchos las historias de Wallaskavik y sabía que sí, que en su camino definitivamente habían habido muchas sombras, pero todas habían sido sombras tenebrosas.

El Filántropo tuvo que dejar de estar pensando en mariconerías y a toda prisa volver a la realidad y actuar, pues el excompañero, exhermano y excamarada Wallaskavik se le perdió detrás de una puerta. Así que, sin demostrar su intención, El Filántropo abandonó el parque y caminó para seguirlo. Una gran multitud salía de una plaza de compras y Wallaskavik se le esfumó entre la muchedumbre, como una lágrima que cae al mar.

Bertilio pensó que Wallaskavik se había percatado de su observación y había corrido a ocultarse, pero afortunadamente, como en otras ocasiones se había equivocado. Al día siguiente, lo esperó y una vez más, puntual, constante y sonante como un Rolex, lo vio llegar nuevamente. Siempre vestía de lo más elegante, era una tranca de hombre el Wallaskavik. Por elegancia, no me refiero a cómo la ropa lo presentaba a él, me refiero a cómo él representaba lo que vestía y la gallardía con que se conducía. La elegancia está dentro del individuo. Una persona puede andar en harapos y caminar con elegancia. Por el contrario, están los que pueden usar el conjunto más caro de tela y pasar desapercibidos. Sus presencias puede incluso parecer repugnante.

De todas formas, en esa segunda ocasión Bertilio lo vio entrar hasta su lugar de trabajo y lo mantuvo bajo la mira de sus binoculares el día entero. A partir de entonces durante seis semanas y tres días Bertilio lo mantuvo vigilado las veinticuatro horas. Corrección, durante esas seis semanas Bertilio lo vigiló solo doce horas al día, pues las otras doce horas él las usaba para dormir y continuar limpiando el medio ambiente de otras escorias sociales. Durante ese tiempo, como una mujer celosa, Bertilio se obsesionó con Wallaskavik. Quería conocer de él hasta los detalles más irrelevantes. Quería saber quiénes eran sus amistades y compinches. A qué hora llegaba a su casa.

Cuáles eran sus obsesiones, si tenía algunas, si salía los fines de semanas, quería saber a dónde iba y con qué intenciones. Bertilio lo siguió como un buitre que desde las alturas observa los pasos de una víctima moribunda, y final concluyó que ya había acumulado suficiente información para «cortarle el agua y la luz» a ese elegante rastrero. Estas son algunas de las cosas que Bertilio supo de él, por ejemplo, el piso en donde estaba su oficina, el restaurante donde acostumbraba a almorzar, cuál era el quiosco en donde compraba el periódico, cuál era su residencia permanente, cuál era su equipo favorito de fútbol. Al saber que era admirador de QPR de Inglaterra, hasta sintió algo de lástima por su futura víctima. «Pobre diablo»- pensó. Pero eso, de ninguna manera mermó su intención de matarlo. El Filántropo juntó todas esas informaciones casi todas inútiles para sus propósitos, como quien junta un lío de ropa vieja y se dispone a tirarla a la basura. Y de ese reguero de informaciones, rescató esta conclusión: supo que a pesar de su siniestra costumbre, Wallaskavik su futura víctima, era un tipo desprecavido. Eso decepcionó un poco a El Filántropo, pues esperaba enfrentarse a una fiera urbana. Un tigre de la selva de cemento. Puede ser que Wallaskavik no era tan vivo como parecía o tal vez era el simple hecho de que Bertilio era sorprendentemente talentoso para jugar al detective siniestro y su víctima nunca lo vio llegar. Por la razón que haya sido, El asunto fue que cuando el Filántropo se cansó de jugar a las escondidas, un día al salir de la oficina, lo siguió hasta ese edificio solitario en donde Wallaskavik tenía establecida su base de operación.

La sentencia del exmiembro del partido socialista, excófrade, exhermano, excamarada, y excompañero estaba ya marcada, pero cuando Bertilio se enteró de que éste además extorsionaba a los simples, los humildes, y desposeídos, a aquellos que hasta Dios se ha olvidado de ellos, ¡Maldita sea!, el deseo de justicia de Bertilio se convirtió en la sed de un cactus en medio del desierto. (Perdónenme por esas blasfemias. Aprendí de Bertilio que el maldecir es un mal innecesario.) Mejor diré que el dijo: !Ay Madre de Dios, que crueldad contra mi gente!

Bertilio opinaba que robarle a un banquero, a un extorsionador, a un rico avaro, a un coleccionador de impuestos es justificable; incluso puede ser un acto hasta admirable. Pero quitarle lo poco que pueda tener un hombre pobre, es un crimen imperdonable. Y si las víctimas además eran pobres inmigrantes indocumentados, hambrientos, maltratados y desesperados por sobrevivir, un crimen contra esa pobre gente, era algo que al Filántropo le rompía el alma. Y esas barbaridades, esos indultos había que evitarlos a toda prisa y a cualquier costo. Bertilio opinaba que el agravio contra el Proletariado es lo mismo que beberle la sopa a un tísico y luego romperle el plato en la frente. En su forma de pensar los indígenas de este continente debían recibir un mejor trato, pues son los depositarios de la herencia de ser los primeros en poblar esta parte del mundo. Y le molestaba, hasta lo indecible, que a los indígenas nativos de aquí lo trataran no mucho mejor que a los osos y a otras bestias salvajes. Opinaba además que todos los emigrantes indocumentados en gran parte eran indígenas desplazados de sus lugares de origen, o víctimas afectadas por los atropellos causados por esta «gran idea» capitalista, explotadora llamada economía global. Así que opinaba que todos los inmigrantes, sin importar cuales fueran sus orígenes, debían ser tratados con respeto, dignidad y agradecimiento; pues los emigrantes siempre han sido la sangre que le ha dado vida al mundo.

Siempre que se le presentaba la oportunidad, Bertilio dejaba saber que aquí todos los padres fundadores fueron inmigrantes, hijos, nietos, o descendientes de inmigrantes. Decía que aquí no hay un solo individuo que pueda levantar la mano y decir con honestidad que sus ancestros no llegaron de algún lugar del mundo. «Los cínicos y los egoístas que no quieran aceptar esta inapelable verdad, que se cubran los ojos y que pretendan también ignorar que el Sol existe y que nos ilumina». Decía que excusaba sólo a los ignorantes, pues culparlos de su ignorancia hubiera sido lo mismo que intentar que un burro nos brinde una hermosa sonrisa.

Como les decía, Bertilio llegó hasta donde estaba Wallaskavik, pero necesitó un par de días más para ir a visitarlo. Aunque tenía talento para espiar y hacer lo que hacía, se consideraba un novato. Su futura víctima, por el contrario, contaba con muchos años de conocimiento en el terreno de actuar al margen de la ley. Así que, a pesar de su aparente falta de cautela, Bertilio lo estudió con gran prudencia, pues el talento nunca ha sido suficiente para imponerse a la experiencia. Estudió su conducta predecible de fiera peligrosa en su habitad natural. Se tomó un buen tiempo investigándolo. Estudió el tránsito de la gente que entraba y salía de ese edificio, como se vigila la entrada de la guarida de un tigre; un sigiloso, y majestuoso gran gato que en cualquier momento te puede sorprender atacando por la espalda. Luego de ojearlo y aguaitarlo por mucho tiempo, sin ninguna novedad de su parte, Bertilio decidió no postergarle más su inevitable sita con la parca. «Y aquí estoy, dejen que diga algo. Dejen que diga algo que hace tiempo quería…» dijo el profeta. Pero ni la existencia de Bertilio ni las de los que él tuvo que borrar del cuaderno de la vida, tienen nada de profético. Su trabajo, esa tarea que se había impuesto, era en resumida cuenta un asunto de responsabilidad, que según él solo podía ser entendido por aquellos que de verdad atesoran el privilegio de la paz, y valoran la fuerza de la razón.

Por los días cuando lo conocí, mi exvecino decía llamarse Bertilo Suárez. A veces en medio de cualquier argumento él solía decir: «Eso es así, si no me cambio el nombre» y lo decía en serio, pues él se cambiaba de nombre como de camisa. Luego me comentaría que de igual forma yo podía llamarlo con el nombre que mejor me pareciera. Incluso me confesó que en un par de veces había estado tentado a llamarse Claudio, Octavio, Marco Antonio, o Alejandro, «pero eso hubiera sido una pedantería» -me dijo. Yo también desistí llamarlo con esos nombres, pues, aunque tenía la elegancia, el buen juicio y el plante de un emperador romano o de un gran conquistador, pensé que le caía bien el nombre de Bertilio Suárez.

Retomando el principio de esta historia, Bertilio terminó de acomodar el cuerpo de Wallaskavik en el asiento del pasajero. Le colocó sus gafas de sol. Se quitó la gorra y se la acomodó en la cabeza, para disimularle el ñemazo que le había propinado en el coco. Había leído por ahí que la expresión de las manos, delata la muerte de un cuerpo. Por eso lo arropó con una vieja colcha hasta la altura del cogote. Lo acomodó de lado, para que aparentara que estaba dormido. Le colocó además, el cinturón de seguridad para que no se fuera a maltratar. El paseo iba ser un poco largo y tumultuoso por esas calles llenas de baches. Reclinó el asiento, en donde estaba cómodamente desparramado, y no pudo controlar mirar a su cara de buenmozo estupefacto. A pesar de las gafas oscuras, podía vislumbrar su mirada atónita de cuando lo sorprendió el golpe de la muerte. Bertilio no pudo evitar esbozar una sonrisa de satisfacción al comprobar que en el semblante de su víctima continuaba invariable el fogonazo de su última sorpresa. Se quedó por un instante mirándolo, con la satisfacción del que ha podido realizar un sueño muy deseado. Sin dejar de reírle en la cara, le guiñó un ojo, y volviendo a recordar eso de Atila y los hunos, le dijo al muñeco: «amaos los hunos a los otros». Y así, sin ninguna prisa, como quien lleva mucho tiempo por delante y teme llegar demasiado temprano a una cita, salió del estacionamiento.

Condujo hasta la autopista Francis Drake sur, luego tomó las autopistas Edward Low norte. Y más tarde el carril expreso de la autopista Jeireddin Barbarroja norte y se alejó de la ciudad, cauteloso y escurridizo como una jutía se desplaza en la oscuridad.

A esa hora de la noche reinaba una aparente calma, pero Bertilio no se dejó seducir por esa apariencia. Sabía que, así como los murciélagos salen a cazar y vagan desapercibidos en la oscuridad, de esa misma forma deambulan peligros humanos que se ocultan en la tiniebla de la noche. En pocas palabras, Bertilio no confiaba ni en su propia sombra, pues sabía que las cosas nunca son exactamente lo que parecen ser. Más aún, como por las noches las sombras se hacen invisibles, una sorpresa de muerte podía estar rozándole el cuello y solo la vería demasiado tarde.

Cuando conducía de noche Bertilio lo hacía con gran cautela. Sabía que detrás de los arbustos, y de los grandes rótulos de mujeres hermosas, medio desnudas exhibiendo sus cuerpos, y anunciando todas clases de fifarrañas, siempre había patrulleros vigilando el tránsito nocturno. Así que se cercioró de no rebasar el límite de velocidad y de ese modo no darles a esos bandidos uniformados la mínima razón para que lo detuvieran.

Para despejar la mente, Bertilio colocó en la disquera un compacto de Rocío Jurado. La música siempre lo transformaba. Un instante había pasado y ya Bertilio se había inspirado. Ya ni le daba mucha importancia al pasajero indeseable que parecía dormir a su lado. Capitán Nemo, su perro, gruñía nervioso e impaciente, acostado sobre las piernas de Bertilio. Con frecuencia el Capitán miraba a su dueño a la cara, como si preguntándole, ¿Amo, a dónde vamos y qué vaina vas a hacer con este muerto? El perro observaba a su dueño, luego se volvía a mirar el cuerpo desparramado en el asiento y soltaba un suspiro con lo que evidenciaba que estaba a punto de echarse a llorar del miedo. Bertilio le acariciaba las varillas frágiles del costillar para tranquilizarlo y le decía: - «tranquilo Capitán tranquilo». Y para contestarle las preguntas, que el perro hubiera tenido, Bertilio le señalaba con el dedo el bulto de ese cuerpo, como quien muestra un ramo de rosas marchitas sobre el asiento, y haciendo coro con Rocío Jurado le cantaba:

«Ese hombre que tú ves ahí, que parece tan divino,
tan afable y efusivo, sólo sabe hacer sufrir.
Ese hombre que tú ves ahí, que parece tan amable,
dadivoso y agradable, lo conozco como a mí.
Es un gran necio, un estúpido engreído, egoísta,
y caprichoso, un payaso vanidoso, inconsciente,
y presumido, falso, enano, rencoroso que no
tiene corazón...».

Esa noche a El Filántropo lo embargaba una siniestra alegría. Miraba de reojo el cuerpo tumbado en el asiento y sin poder controlar la sonrisa diabólica que lo dominaba, le decía: «esto te pasa para que no jodas con los depositarios del sueño de Bolívar».

La idea de recostar en el asiento a los pasajeros indeseables, como ese tipo, tenía dos motivos principales: primero, hacer parecer que estaban dormidos y segundo, para que nadie los pudiera ver desde el exterior del auto. Esa idea la debió Bertilio haber aprendido en alguna película policíaca. Seguramente fue en la serie Colombo. Según él, ese truco no era sólo una ocurrencia de cineastas, lo había usado en varias ocasiones y siempre le había funcionado de maravillas.

Días antes, Bertilio había merodeado por los alrededores del lago Thomas Cavendish. Había visto las canoas atadas apenas con cuerdas de naylon y supo que había encontrado el lugar perfecto para deshacerse de un cadáver. Para allá se dirigía a llevarle comida a los peces. Bertilio se sentía bien chévere, despreocupado y cantando con Rocío Jurado:

«Como una ola tu amor llegó a mi vidaaaa…»

Cuando por el espejo retrovisor vio un carro patrullero, que como una exhalación salió de un escondite. «¡Me parta un rayo! - maldijo Bertilio- soy un tipo prudente al guiar, y mucho más, esta noche, que tengo a mi lado a un pasajero dormido por el sueño del dios Hades». Miró el odómetro. Este marcaba 45 MPH, y al ver que no había sobrepasado el límite de velocidad, se dijo: «no, esto tal vez no es conmigo» y continuó su camino como si la cosa hubiera sido con otro fulano. Pero el susto le había quitado ya las ganas de cantar. La luz que a continuación se reflejó en el espejo retrovisor, le advertía que no se hiciera el sueco. «¡Mierda!, ¿Qué habré hecho para despertar la sospecha de ese asesino uniformado? Bertilio disminuyó la velocidad. De inmediato le bajó el volumen a la música y se detuvo a un costado de la autopista, poniendo cara de yo no fui.

Un patrullero alto, blanco, mal tallado, como un buey cebú con botas, y con una arrogancia que no le cabía en el uniforme, se le cuadró enfrente. Mientras el agente le hablaba, Bertilio observó que había puesto una mano sobre su pistola y la otra sobre el marco de la puerta del auto. Por un instante no dijo nada, y con un escandaloso despliegue de superioridad, observó a Bertilio con desprecio. Luego de darle un rapapolvo con la mirada, se dirigió a El Filántropo como si él hubiera sido un chiquillo que ha cometido una falta muy grave. Antes de que pudiera comenzar con su indeseable sermón, Bertilio en su inglés cascarrañoso trató de apaciguar el cataclismo que se aproximaba: «buenas noches jefe, ¿En qué puedo servirle?». Quizás fue por su acento extranjero, o porque lo llamó «jefe», que el policía se alteró aún más y le respondió de mala forma: «no me llames jefe, ¡coñazo de mierda! Si lo fuera, no estuviera aquí tratando con basuras humanas como tú». Bertilio le pidió perdón, por si lo había ofendido y se mantuvo en silencio. «Con los marrulleros y con los trogloditas es mejor callar»- pensó. El patrullero lo enfocó en la cara con su linterna de ocho pilas, sin importarle una rata muerta que el rayo de luz lo dejara medio ciego. Bertilio por su parte, cerró los ojos, exagerando más de la cuenta esa molestia. Luego el policía alumbró a Capitán que estaba acurrucado sobre las piernas de Bertilio, y le dirigió la mirada al que estaba «dormido» en el asiento del pasajero.

-¿Para donde diablos van?- preguntó el agente. Bertilio bajó exageradamente la voz, para que pensara que no quería despertar a su compañero y le contestó:

«Vamos a casa. Venimos de trabajar».

El uniforme azul oscuro de plomero que llevaba puesto Bertilio, le dejaba saber cuál era su ocupación. El policía leyó el nombre bordado en la zolapa, que anunciaba: «Bertilio Suárez, plomero.» Luego dijo: «Bertilio, permíteme ver el carnet de tu licencia de conducir y el registro de tu auto». Bertilio le alcanzó los documentos y luego de registrarlos, el patrullero le dejó saber de malas ganas, que los documentos estaban todos en regla. A continuación, el doble feo ese, el patrullero, garrapateó una multa y le dijo a El Filántropo con voz amenazante que tenía veinticuatro horas para que reparara el foco delantero derecho de su auto.

De la alegría, al saber por qué lo había detenido, Bertilio casi le da un abrazo. Hasta se escuchó estúpidamente dándole las gracias por la multa que le estaba dando, como si ese policía maldito, desgraciado, feo, extracto de racista e hijueputa del diablo, le hubiera estado haciendo un favor. (Una vez más les pido disculpas por maldecir, pero es que me cuesta mucho expresarme sin usar las palabras que mejor expresan mis emociones). «Oficial, le ruego que me disculpe, ni siquiera me había dado cuenta de esa falla. Le aseguro que al día siguiente lo haré reparar»-dijo Bertilio con una sonrisa nerviosa y estúpidamente contento.

El patrullero con una cara de perro, bravo lo ignoró y le dio la espalda. Mientras se alejaba, Bertilio lo escuchó entre dientes maldecir: «estos mejicanos cabrones nos han invadido». Bertilio lo vio alejarse con ese caminar de vaca cara, rumiando mil maldiciones.

Y se dijo: «psss, un simple patrullero y tan arrogante»-, y pensó en el peligro que puede generar un tipo odioso, bruto, altanero, armado y con licencia para matar.

Minutos después, Bertilio condujo el auto hasta el pequeño embarcadero del lago Thomas Cavendish. Escogió la embarcación más grande que pudo encontrar. Remó hasta el centro, donde el agua estaba más profunda. Le amarró un bloque de cemento en el cogote y otro en la cintura y mandó al excamarada Wallaskavik a alimentar los peces. Bertilio regresó a casa con la conciencia tranquila y satisfecha del que ha hecho una buena obra de caridad

Días después de la muerte de Wallaskavik, al encontrar su zapato, la policía sin saberlo halagaba a El Filántropo con eso de que había, «un asesino profesional suelto en la ciudad». Decían que la desaparición de los cadáveres de tantas víctimas sin dudas era el trabajo de un profesional en la materia. Aseguraban que eso debía ser el trabajo de un asesino a sueldo. Bertilio se alegraba de que pudieran diferenciar entre sus «obras de limpieza» y las chapucerías que hacen los que actúan estimulados por asuntos sentimentales. Decía darle la razón a los de la poli. «Pero, ¿yo un asesino a sueldo? A mí nadie me da un centavo por lo que hago. Tengo que financiarme yo mismo con lo que, honradamente me gano y que por cierto no es mucho». - me dijo Bertilio.

SEGUNDO CAPÍTULO

||||||||||||||||||||||||||||||||||||||||||||||||||||||||||||||||||||||||||||||||

¿Ya les conté la razón que hizo caer en desgracia al excompañero y excamarada Wallaskavik? Bertilio se había enterado de sus tantas malas mañas y se había dicho: «bueno, no me sorprende, el mundo está lleno de hijos de putas». Pero cuando se enteró de que además tenía la mala costumbre de contratar a braceros indocumentados y para no tener que pagarles, les llamaba el Departamento de inmigración, fue entonces cuando Bertilio decidió colocarlo en la lista de sus prioridades, y le adelantó el pasaje de ida para la eternidad. Bertilio se enteró de esas bajezas una mañana que salía a darle una vuelta a su perro. Se encontró con un hombre que sentado en el andén lloraba desconsoladamente. Se enjugaba las lágrimas y se repetía una y otra vez: «lo voy a matar, lo voy a matar». Bertilio se interesó por saber a quién iba a matar, y fue así como supo lo que ustedes ya saben. El hombre que lloraba sentado en el andén se llamaba Osvaldo Quispe. Según le contó Osvaldo, él había sacado basura de un sótano durante un mes completo. Todo ese tiempo, su patrón, Letcher Wallaskavik lo había tranquilizado con el cuento de que le pagaría al final del mes. Cuando esa fecha finalmente llegó, Osvaldo visitó la oficina de su empleador. Wallaskavik lo recibió muy amablemente. Le preguntó que cómo podía servirle y quiso saber cuándo él había llegado a esta ciudad. A los que estaban allí presentes les dejó saber que no tenía ni la más puta idea de quién era el baboso ese que decía llamarse Osvaldo Quispe. Acto seguido, levantó el teléfono y llamó a los agentes de inmigración, que en ese momento andaban buscándolo para encarcelarlo y luego enviarlo a su país de origen. Esa historia fue confirmada por otros braceros, compañeros de Osvaldo, muchos de los cuales días después fueron detenidos. Otra de las víctimas de Wallaskavik en un tono muy resuelto contó que, aunque fuera lo último que hiciera en su vida, mataría a ese contratista sin alma.

«¡Jesús santísimo! No diga eso»- le dijo Bertilio Suárez, fingiendo ser una criatura inofensiva. Y trató de despejarle ese mal pensamiento del corazón. Lo reprendió por el solo hecho de pensar en la violencia. Le dijo: «amigo, no se manche las manos. La violencia es un mal que hay que erradicar. Tenga fe, y crea en la Justicia Divina. Le aseguro que ahora mismo Dios nos está escuchando y hará algo por nosotros. Ya verá como el Señor obrará por usted». Y así fue como el Señor (el señor Bertilio Suárez) decidió terminarle la fiesta al excamarada Wallaskavik.

El nombre Wallaskavik debió causarle a Bertilio Suárez algún efecto amnésico. El no estaba seguro, pero posiblemente había escuchado ese nombre a finales de la década de los ochentas. En el noticiero habían dicho de él que era un líder polaco, con una historia algo oscura y llena de incógnitas. Pero luego de un par de décadas de no haber escuchado nada acerca de esa mala semilla llamada Letcher Wallaskavik, lo había olvidado por completo. El nombre le resultaba familiar e inicialmente se preguntó en dónde diablos lo había escuchado. Esa noche, Bertilio se fue a la cama esforzándose por recordarlo y no lo logró. Pero al día siguiente, se despertó con una historia a flor de mente. Lo siguiente fue la historia que había recordado: el camarada Wallaskavic había llegado por estos senderos hacía no más de cuatro años y como una araña peligrosa para la vida humana, ya había tejido toda una red de conexiones con políticos corruptos, en donde Wallaskavik atrapaba a sus víctimas y solo los soltaba para entregárselos a los agentes de inmigración.

En su país natal, Wallaskavik había sido un revoltoso antisocialista que instigaba a la gente a revelarse contra el gobierno. Él mismo cometía atentados terroristas contra su propia población porque según él, cuando se trataba de destruir el socialismo, cualquier método era válido.

«Con que un antisocialista, eh- se dijo Bertilio Suárez- mal nacido».

No recuerdo si les conté que Bertilio era un gran admirador de Karl Marx y de Friedrich Engel. Así es y uno de sus libros favoritos era El Manifiesto Comunista. Decía que aunque aceptaba a cada quien con su forma de pensar, por lo general le caían mal la gente que tenían un concepto negativo de estos filósofos, pues pensaba que aunque el socialismo no estaba ni cerca de ser perfecto, no era tan dañino como el capitalismo y otros sistemas de gobierno, que se benefician de la desgracia de ser pobre.

Luego, unido a otros líderes sindicales, tan dañinos como él, Wallaskavik y sus aliados detonaron explosivos en lugares transitados, quemaron viviendas con sus inquilinos dentro, atacaron edificios de oficinas gubernamentales, e hicieron volar las vías ferroviarias de más de un tren de pasajeros. Entonces, culpaban al gobierno por esos actos. Las actividades de Wallaskavik se encaminaban a estimular los vientos de «libertad» que soplaban por esos días. Dicha ventolera, se convirtió en un huracán sin ojo, cuyo efecto dominó en los países vecinos causó millones de muertos. Ese remolino de desmadres por estos lares se dio a conocer con el nombre de La Perestroika.

Buscado por las autoridades regionales para cobrarle la cuenta por sus fechorías, Wallaskavik, como por arte de magia, desapareció de repente y meses después volvió a aparecer aquí en el continente de la esperanza. Los delitos cometidos por ese caballero eran razones, más que suficientes para que cualquier país del mundo con un átomo de respeto por la humanidad lo hubiera linchado sin contemplación. Sus actividades habían sido una clara violación a las leyes de cualquier país del mundo. Cuando se escapó de su país natal, algunos gobiernos que habían visto con buenos ojos sus atropellos se resistieron a arrestarlo, aunque no le permitieron estadías permanentes. Y fue así como ese compa llegó hasta aquí.

Cualquier gobierno con un poco de respeto por lo humanidad, sin fórmula de juicio lo hubiera sentado al trono de una picana y luego hubiera ofrendado su cuerpo a los cocodrilos, sin embargo, aquí lo recibieron, como a un héroe de guerra. Poco faltó para que el alcalde le entregara la llave de la ciudad.

Bertilio Suárez no se sorprendió ante semejante adulación. Sabía que aquí habían inventado la patraña esa de los derechos humanos. Sabía que aquí les importa un pito la vida de la gente en el resto del mundo y dichos derechos se pueden violar siempre y cuando sea en nombre de la «democracia». Sabía que, desde su historia más antigua, estos gobiernos cínicos, con caras de ángeles han admirado a los patrañeros y a los atracadores. Imagínense, si para elogiar a William Penn hasta le otorgaron el nombre de un estado completo; a un corsario sin escrúpulos que mató y robó a manos llenas en el Caribe. Solo había que pensar en el incondicional apoyo que aquí les han ofrecido a todos y a cada uno de los genocidas que en nombre de la «libertad y la democracia» masacran a los pueblos. Los mal hechores saben que aquí gozan de respeto y admiración. Bertilio se reía de estos gobernantes sin escrúpulos que poniendo cara de yo no fui, hablan de amor y de hermosos paisajes, pero no pierden ocasión en fomentar la violencia, las violaciones, y la paulatina destrucción del planeta.

TERCER CAPÍTULO

‖‖

Luego de haber linchado a ese apuesto sinvergüenza llamado Wallaskavik, Bertilio Suárez no tuvo tiempo para descansar; ni siquiera para tomarse un día de un fin de semana frente al televisor y ver a las Chivas Rayadas de Guadalajara, que era su equipo favorito. No, no pudo. Pues apenas días después, al ver que la Policía andaba por ahí dando palos ciegos, tratando de encontrar alguna pista sin ningún resultado, debió ponerse a planear la erradicación de la próxima lacra social.

Ese era un comerciante que vivía a unas diez millas de distancia de Ciudad de Corsarios. Supo de él por otra casualidad. Había escuchado que la fiscalía lo liberaba por falta de pruebas. Era la cuarta vez que lo acusaban por casos relacionados con abusos y desaparición de menores. Dos de sus víctimas habían aparecido flotando en el río. Los padres de dos de los menores que sobrevivieron al agresor, se decía que por miedo, no se atrevían a acusarlo. El asunto era que el caballero siempre salía inocente de las acusaciones. Los argumentos en su contra resultaban ser siempre insuficientes cuando no parecían ser infundados. La prueba más contundente contra ese comerciante era la de un desamparado que confesó haberlo visto hablando con una de las víctimas la tarde antes de la desaparición.

Bertilio Suárez pensó que tantas acusaciones no podían ser una casualidad y se interesó por el caso. Hizo sus observaciones preliminares y al ver que el hombre hasta se había mudado del vecindario en donde había sido acusado pensó que se había avergonzado por esas infamias. Bertilio Suárez era un caballero de buen corazón. Por poco y lo favorece con el beneficio de la duda. Sin embargo, en su nuevo barrio, el comerciante volvió a tomar confianza y eso a El Filántropo le pareció algo fuera de lugar.

El comerciante se olvidó que el Diablo nunca duerme y cometió un error fatal: una vez tomó confianza en su nuevo vecindario, volvió a ser fresco con los niños. Bertilio arqueó las cejas cuando en una ocasión, luego de un partido, lo vio regalarle dulces al equipo ganador, y lo escuchó decirles que si querían más, pasaran por su tienda. Al Filántropo, además, le sorprendió verlo en la audiencia de los juegos de futbol infantil, pues era bien sabido que él era un hombre solo, soltero, sin hijos, ni familiares conocidos. ¿Estaría observándolos para determinar cuál de ellos sería su próxima víctima? Desde entonces, con la guardia en alto, Bertilio lo mantuvo bajo la mira de sus binoculares. Y una tarde hasta lo observó en su tienda repartiéndoles dulces a los niños y poniéndoles la mano en donde no debía. Así que, antes de que uno de esos pequeños pasara por su casa y se convirtiera en su nueva víctima, primero pasó Bertilio Suárez, y al día siguiente solo se oyó la noticia de que al pobre comerciante le habían dado más palos que a una tambora en tiempos de Pascua.

Para ser más exacto y fiel a su autopsia, Bertilio Suárez lo descalabró a martillazos. Y como si todos esos golpes hubieran sido pocos, los curiosos que presenciaron la escena del ajusticiamiento antes de que la Policía llegara, dijeron que al cadáver además de los golpes, le habían cortado el «ripio», y se lo habían puesto en la boca a modo de cigarro.

¿Por qué a martillazos?, ¿Por qué no a cuchilladas, estrangulado o con un tiro de gracia en la frente, ¿Por qué no una muerte más convencional?, se preguntarán ustedes. Más tarde trataré de satisfacerles esa curiosidad. Si notan que me distraigo y se me olvida, por favor me lo recuerdan. Aunque, pensándolo bien, no confió en sus memorias y mucho menos en la mía. Mejor les cuento de una vez el porqué de los martillazos.

Cuando Bertilio Suárez era un principiante en eso de matar canallas, tuvo un sueño absurdo pero revelador. Eso ocurrió por los días en que pandilleros habían matado a su mejor amigo. Casi todas las noches Bertilio tenía pesadillas en las que soñaba lo mismo: él era un niño que andaba por un camino solitario acompañado de un gran perro negro. Era un camino muy solo y lleno de peligros impredecibles. Muchas fueron las noches en que se soñó transitando por ese interminable camino, a la expectativa de una amenaza de muerte, o algo peor, un peligro capaz de engendrar la sensación de seguir muriendo aun después de muerto. Bertilio se despertaba sudando, abrumado y tenso; rara vez volvía a conciliar el sueño. Pero en una ocasión, soñó que ya no era ese niño asustado a quien lo protegía un perro negro. Soñó que había crecido y se había convertido en Thor, el arrogante dios del trueno. Soñó que martillo en mano volaba a una velocidad asombrosa a través de la dimensión del tiempo y el espacio. No sabía hacia dónde se dirigía, pero sabía que estaba viajando al pasado. ¿Que cómo lo supo? Porque podía observar fracciones de eventos determinantes en la historia reciente de la humanidad, y porque reconocía acontecimientos pasados que a él le había tocado vivir. Primero, vio un perro negro y a un niño descalzo caminando por un trillo de tierra y se reconoció así mismo. Luego vio, a su padre mientras le cantaba a un recién nacido la tonada del hombre que se fue a la guerra, que dolor, que dolor que pena. Seguido vio a un anciano absorto mirando un atardecer, mientras fumaba una larga pipa y entendió que era su bisabuelo. A continuación, vio a otro señor aún más mayor, labrando la falda de una montaña y supo que era su tatarabuelo. Así, vio a una multitud de hombres y mujeres, y entendió que eran sus antepasados. Y Bertilio se decía: -si soy el dios Thor, entonces debo ser irlandés. Y por lo tanto, entre mis antepasados seguramente hubo personajes famosos. Y por un breve instante, hasta se ilusionó pensando que sus ancestros pudieron ser personajes importantes. Y esperaba ver entre ese desfile de muertos a un lejano pariente suyo llamado John Millington Synge, a un Jonathan Swift, un Bram Stoker o a Oscar Wilde, pero a medida que se sumergía más y más por el camino del pasado, Bertilio Suárez se iba convenciendo de que sus progenitores habían sido personajes insignificantes. Al final, Bertilio se hubiera conformado con ser, aunque hubiera sido, un primo lejano de George Carlin, pero ni eso. Y entonces se llenó de cólera. Se decía esto no es justo. Y enojado, incapaz de aceptar su inapelable verdad, llegó a Roma.

Era el año 820 después de Cristo. Estaba En el Vaticano, frente a la basílica de San Pedro. Sin averiguar mucho, entró en la catedral y fue hasta donde el papa Juan VIII y se presentó ante él: «soy Thor, el dios del trueno, y como dios que soy me merezco estar aquí entre tanto lujo». El papa le hizo una señal con la mano, con la que parecía indicarle que se hiciera la que se hizo el mono, que se quitara de en medio o que se fuera para el carajo a fastidiar a otro. El dios Thor no podía creer que lo rechazaran de esa forma. Se quedó petrificado del bochorno. Como no reaccionó con la orden dada por el papa, éste le gritó una vulgaridad que Thor no podía ni creer y que hasta a mí me da vergüenza repetir. Al hablarle en ese tono, Thor se sintió severamente humillado. Para entonces, el dios Thor (Bertilio Suárez) había perdido la cordura y sabía que un dios que pierde la formalidad es un dios peligroso. Primero pensó decirle al papa un par de cosas. De tanto el coraje, el dios Thor tartamudeó. Una deidad jamás debería enojarse y recordó el desmadre que un dios enojado había causado en Sodoma y Gomorra. Para controlarse, Thor contó dos veces hasta diez. Pero su calma no fue suficiente para apaciguar el torbellino de coraje que lo azotaba por dentro. Así que le lanzó un martillazo a la cabeza, con el que el Santo Padre cayó redondo en el suelo. Pero no murió en el acto. Sorprendentemente, sólo estaba aturdido y decía frases incoherentes. Aún en medio de su delirio, Thor escuchó que el Papa continuaba insultándolo y se burlaba de él. Lo escuchó decir: «un dios con un martillo, qué disparate». Entonces Thor procedió a rematarlo a martillazos y no paró hasta descalabrarlo a golpes. Al final del Papa sólo quedó un reguero digno de ser recogido con una pala.

Al día siguiente, al recordar ese sueño, Bertilio sólo por curiosidad buscó en su vieja enciclopedia la biografía del papa Juan VIII. Y supo que lo habían envenenado, pero como el veneno tardaba en hacer efecto, tuvieron que rematarlo a martillazos, y Bertilo se dijo:«¡coño!».

CUARTO CAPÍTULO

||||||||||||||||||||||||||||||||||||||||||||||||||||||||||||||||||||||||||||||||||||||||||||||||

P or ahora, llamaremos a Bertilio Suárez «el doble F», (el futuro filántropo). Si cuando joven, un adivino le hubiera dicho al doble F que emigraría al extranjero, que sería un hombre solitario, que evitaría las multitudes y que actuaría al margen de la Ley, él hubiera pensado que ese vidente estaba delirando. Pues, el doble F siempre soñó con ser una obediente oveja del rebaño del Señor.

A los diez años ya había hecho la primera comunión.

A los quince, gracias a un sacerdote amigo de la aldea, un día lo llevaron a visitar la oficina de un doctor que le hizo varios análisis. Este lo envió a la oficina de otro doctor. Este a la vez lo examinó y le administró otros exámenes y le dijo: «me gustaría darte estos exámenes una vez más, digamos en unos diez años».

¿Por que?- Quiso saber el doble F.

«A la ciencia le interesa saber cómo piensan aquellos que quieren arreglar el mundo»- dijo el doctor. El doble F no supo qué contestar, así que le dijo que sí, que como no. Apenas días después, él era ya un seminarista.

Todos los pronósticos apuntaban a que el doble F iba a ser sacerdote antes de los veinticinco años de edad. El doble

F profesaba el culto de la santidad y anhelaba con alcanzar la vida eterna. Él era un alma inofensiva que soñaba dedicar cada instante de su vida al servicio de Dios.

El padre Basilio Disla no había cumplido los treinta años, cuando murió de una rara enfermedad en junio del ochenta y seis. El padre viajaba al extranjero con frecuencia y la última vez que regresó, volvió en los huesos. Estaba tan enfermo, que todos sabían que había vuelto para morirse. El joven sacerdote era diez años mayor que el doble F. Y eran muchos los que reconocían en el doble F y el padre Disla un parentesco asombroso, parentesco que el doble F también reconocía, y lo hacía sonrojar, pues dicho sacerdote era escandalosamente afeminado. La muerte del joven sacerdote no tomó a nadie por sorpresa.

Las dudas que a menudo se albergaban en el corazón del doble F, él las espantaba a fuerza de oraciones y penitencias para castigar a ese cuerpo frágil e indefenso ante las tentaciones terrenales. Años después él recordaría a sus hermanos espirituales del seminario, cuando a escondidas compartían sus incertidumbres y curiosidades. El recordaría por ejemplo, a Rigoberto Capellán, uno de sus compañeros de estudios teológicos, quien una vez le contó una experiencia que lo cambiaría de por vida. Rigoberto le había contado que el padre encargado de las finanzas, una tarde lo había llevado a su cuarto con el pretexto de mostrarle una Biblia que supuestamente había pertenecido a Paolo VI. El padre primero le pidió que se sentara en su cama, luego que se quitara la ropa y más tarde lo tranquilizó con la explicación de que el contacto de dos cuerpos desnudos es un milagro que alegra los ojos del Señor.

El doble F, que era un ciego devoto de las intrusiones de los sacerdotes, se sorprendió ante dicha revelación, pero le contestó a su amigo y compañero seminarista que toda obra con la intención de ganarse el beneplácito de Dios es digna de ser vivida. Días después, el doble F se avergonzaría de su garrafal ingenuidad. Rigoberto, que había visto en su amigo una luz de confianza y de ayuda, bajó la mirada y se marchó abrumado por la tristeza que le causó ver languidecer una esperanza. Al día siguiente, a la hora del desayuno, cuando no llegó al comedor, algunos echaron de menos a Rigoberto; aunque sin alarmarse, pues por esos días él había estado un tanto distraído. Todos pensaron que se había detenido en la capilla a orar un poco más de lo común. Horas después, lo encontraron colgado en la enramada del patio trasero del seminario. Rigoberto se había ahorcado colgándose de una de las varas del techo. El doble F fue uno de los primeros en verlo colgado por el cuello, balanceándose con la brisa tibia de esa mañana. Para entonces, Rigoberto parecía menos triste que la última vez que lo vieron con vida.

Los seminaristas no estaban acostumbrados a enfrentar la novedad de la muerte. El suicidio de Rigoberto los alarmó a todos. Hubo reuniones de urgencia en el que el director les habló de ese hecho lamentable y les recordó la imponente necesidad de superar la conmoción que estaban viviendo. De acuerdo a él, esa muerte era una de las tantas pruebas que el Señor ponía en el camino para cerciorarse de la firmeza de sus convicciones en la fe. Y como si hubiera inventado el argumento más convincente de todos, les dijo: «el Señor manifiesta sus propósitos de forma muchas veces misteriosa».

Días apenas habían pasado y los seminaristas debían participar en una asamblea sobre la firmeza de la vocación sacerdotal. El salón de reunión estaba a unas diez cuadras de distancia. El día acordado, en el centro de la tarima había una mecedora de mimbre. Y eso hizo caer al futuro Filántropo en la cuenta de que había olvidado llevar consigo *Los Funerales de la Mamá Grande*, de Gabriel García Márquez, que él consideraba era el mejor de todos los libros de cuentos que había leído.

Lo estaba leyendo por tercera vez. Volvió a buscarlo. En el camino de regreso se encontró con varios de sus compañeros seminaristas, que al saber que se había olvidado de su libro, se rieron de su mente un poco despistada.

La canícula ese año había causado estragos y cuando el doble F volvió al seminario, a pesar de la hora temprana sudaba copiosamente. Ya en el seminario, notó que el fresco de la noche no se había marchado. Todo estaba desierto. El eco de sus pasos sobre las baldosas en los corredores se multiplicaba hasta el infinito con una resonancia de catacumba. El aire gélido, la oscuridad que permanecía en los pasillos, las frías miradas de las estatuas, las sombras que formaban las luces de los candelabros le daban al lugar un aspecto siniestro. ¿Sintió algo de miedo el doble F? Sí. Los templos religiosos inspiran el presentimiento de estar ante el umbral de esta vida y otro mundo desconocido. El silencio era tal, que podía escuchar el paso del aire al entrar y salir de sus pulmones, y hasta oír su corazón en su parsimoniosa tarea de latir.

Entró al área del dormitorio, de prisa, como si hubiera estado robando, tomó el libro que había dejado sobre su almohada, y se disponía a marcharse, pero lo distrajo el residuo acústico de un eco. Era algo casi imperceptible, como la resonancia de una nota musical ya extinta, cuyos sedimentos sonoros quedan atrapados en el instrumento. Era el eco de una discusión lejana y acalorada. Y decidió investigar.

Una vez más el doble F sintió estar ante la escena de un robo. Se quitó los zapatos, para que no escucharan sus pasos. Al final del pasillo, había un edificio de dos pisos, que nunca antes le había llamado la atención, pues pensaba que estaba abandonado. Al escuchar las voces de los que discutían, se interesó en saber lo que ocurría.

Aprovechando que los seminaristas estaban ausentes, los curas se habían reunido. Se insultaban entre sí. Al doble F le sorprendió la crudeza con que se agredían verbalmente. Se culpaban por la reciente muerte del seminarista amigo. «Eres un incauto» -gritaba el director. Decía temer que los familiares de la víctima investigaran la verdadera razón que lo motivó a inmolarse. El director no los acusaba por ser pederastas, sino por la falta de cautela. Decía dar gracias al Señor porque con la excepción de esa última muerte, todas las demás habían ocurrido lejos del seminario. Exhortaba a los sacerdotes a actuar con cautela. Decía que la grandeza de la Iglesia, antes que en la fe, estaba basada en la discreción. Y hacía referencia de una cita bíblica que exhortaba ser «mansos como palomas y discretos como serpientes».

El doble F no daba mérito a lo que estaba escuchando. A medida que el director relataba las muertes de otros seminaristas que habían fallecido en accidentes extraños, tuvo el presentimiento de estar en un cuarto oscuro en donde a través de un químico fotográfico, se revelaba una imagen nítida, pero espeluznante. Se sintió como si hubiese estado en coma durante los últimos quince años y ahora, de repente, se hubiese despertado. Sentía que de repente le habían quitado una venda de los ojos y entonces por primera vez podía ver con claridad. Esa revelación le iluminó la mente, como un sol que en las horas tempranas de la mañana despeja las sombras de la noche.

Cruzó el patio arrastrándose para no ser visto. Llegó hasta la calle descalzo y se sentó en un banco en el andén para ponerse el calzado, tomar aliento y reponerse del susto. Llegó corriendo al salón de conferencias en donde lo esperaban sus compañeros y mantenían una silla reservada para él. Algunos le guiñaron un ojo, todavía recordando eso de su «mala memoria». El doble

F trató de fingir que nada anormal le había ocurrido y lo logró, aunque no pudo concentrarse un solo instante.

El doble F se sentía un iluminado, el poseedor de un secreto que sus compañeros ni sospechaban. A partir de esa mañana, el doble F comenzó a sentir la fuerza del deber exhortándole a actuar, a recordarle que muchos ya habían sido víctimas y que era su deber impedir esas atrocidades. No escuchó una palabra de la charla. Su mente era un torbellino. Los momentos de descanso él fingía estar ocupado leyendo *La Mamá Grande*. Sentía temor de que sus compañeros pudieran vislumbrar en sus ojos lo que tenía pensado hacer. En horas de esa tarde, cuando regresaron al seminario, se enteró que la conferencia continuaría al día siguiente. Y se dijo: «no hay un instante que perder». Planeó lo que haría.

Esa noche, a eso de las diez, se apagaron las luce en el dormitorio, y pronto el doble F escuchó las respiraciones reposadas de los que dormían y los primeros ronquidos. Las luces de las estrellas que se filtraban por el cristal de las ventanas eran incapaces de alterar la tiniebla de ese lugar. Daba la impresión de que estaban dentro de un sarcófago. No había en él un átomo de duda de lo que debía hacer, sin embargo, lo aterrorizaba la posibilidad de un fracaso. Pensaba en las miles de posibilidades que podían salir mal. Pero se dio fuerza recordando que el fracaso no tiene que ser sinónimo de equívoco. Se puede triunfar o no, pero fallar no es necesariamente una señal de equivocación. A eso de la media noche, el silencio sólo era interrumpido por la respiración cansada de los que dormían. Supo que el momento de actuar había llegado. Se levantó en medio de esa oscuridad. Atravesó la tiniebla del dormitorio cuidándose de no tropezar con el laberinto de las camas. Caminaba con los brazos extendidos hacia adelante, fingiendo sonambulismo. Cuando ya se disponía a abrir la puerta que comunicaba al corredor, escuchó a alguien decir: «a Adán le gustaba las costillas, a Eva las manzanas y a san José las muchachitas». - Se quedó un instante petrificado del susto. El sonido monótono sugería que era la voz de un dormido. El silencio se hizo nuevamente. Finalmente, llegó al pasillo y allí la visibilidad era buena, y podía caminar más de prisa. Pero no lo hizo. Continuó caminando con los brazos extendido hacia delante. Si era descubierto por alguno de los padres, podía fingir que caminaba dormido.

El comedor estaba próximo a la Oficina de Registros en donde estaban archivados los documentos de identidad de cada uno de los miembros de esa organización. Ahí estaba también el pasaporte, la cédula de identificación y el carnet de residencia de inmigración del difunto padre Basilio Disla. El doble F no se animó a encender la luz, podía ser visto. Tomó una de las velas que ardía en la capilla, y entró en la oficina de los registros. Buscó en los archivos, la letra D y ahí estaban en un portafolio todos y cada uno de los documentos de identidad del difunto padre. Continuó buscando, y se detuvo en la letra S, que era el inicial de su apellido. Comparó la fotografía suya con la del difunto padre Basilio, y no pudo negar el parecido que había entre los dos. Tomó los documentos de identificación y se marchó en puntillas. Un instante después, ya estaba en la cama abrazado a sus documentos. El resto de la noche lo pasó mentalmente revisando el plan que se había propuesto. Analizaba paso por paso, detalle por detalle, lo que él se había planeado, tratando de encontrarle algún fallo. Calculó las posibilidades de riesgo para corregirlas, pero la probabilidad de fracasar le parecía cada vez más inminente. Pensando, no pegó un ojo en lo que quedaba de la noche. Finalmente vio las primeras luces del amanecer asomándose por las montañas. Esa, le pareció la noche más larga de su vida. Pronto sus compañeros comenzaban a despertarse.

No eran las seis y media de la mañana y sus compañeros estaban listos para irse a la segunda parte del cursillo. Volvieron a la capilla, a darle gracias al Creador por la luz de ese nuevo día que comenzaba a nacer, y pedirle sabiduría para que las enseñanzas diarias fueran las herramientas que les ayudarían a labrar el terreno de sus vocaciones. El doble F, por su parte, solo pensaba en lo que debía hacer en las próximas horas.

Pronto se marcharon. Sus compañeros estaban felices, estimulados por la expectativa de esa segunda parte de la conferencia. El doble F se reía sin querer y estaba más pensativo que una escultura de Auguste Rodin. En cuanto llegaron al salón de conferencias, se disculpó con sus compañeros. Él era siempre tan formal. Dijo que una vez más se le había olvidado su libro.

Minutos después estaba ya de vuelta en el seminario. Se cercioró de que los sacerdotes estuvieran una vez más reunidos. Volvió al dormitorio. Extrajo los documentos de identidad y los colocó en una pequeña maleta que siempre tenía lista debajo de su cama. La escondió entre los arbustos del jardín.

El almacén de herramientas de trabajo estaba abierto. Habían dos contenedores de combustible para el tractor de labranza. Uno de los contenedores estaba por la mitad. El segundo estaba lleno. Tomó los dos. El lugar en donde estaban los sacerdotes era la planta baja de un edificio de madera. Las ventanas estaban cerradas. Estas estaban protegidas con barrotes de hierro para disuadir contra cualquier intención de rateros. Los sacerdotes habían puesto a funcionar el acondicionador de aire. Sin saberlo, al cerrar las ventanas y bajar las cortinas, le habían facilitado una gran ayuda al doble F. Como medida de precaución, condenó por fuera las dos puertas de entrada. Existía la posibilidad que el olor del combustible se hiciera notar y eso podía estropearle el plan. Comenzó a rociar las paredes del edificio con el gas.

Le dio la vuelta, cuidándose de no ser visto al pasar frente a las ventanas. Cuando terminó de rociarlo, vació el líquido restante frente a las dos puertas. A continuación, pensó correr a la capilla y usar la misma vela del mismo candelabro que horas antes le había servido para alumbrarse el camino y encontrar los archivos. Pero ahora no tenía tiempo para sentimentalismos. Así que mejor sacó una caja de fósforos del bolsillo y encendió uno. Lo levantó como quien levanta una antorcha olímpica. Estaba contento como Nerón cuando se disponía a incendiar a Roma. Tenía deseos de ponerse a cantar, pero solo dijo: «Señor, solo respondo al llamado del deber».

Entonces, escuchó una voz, grave y potente como un trueno que le dijo: «pero, ¿qué estás haciendo hijo de la gran puta?» Y el doble F se preguntó: «¿Dios?» Pero esa no era la voz del Señor de los Cielos. No no no no. Era la de otro señor. Este era el padre José Polanco, que no se sabía por qué diablos no estaba con el resto de sus diabólicos compañeros desayunando.

El tiempo preciso que el doble F usó para hacerse esa pregunta, el padre Polanco lo aprovechó, y con el lomo de una monumental Biblia que llevaba en la mano, le dio un vergazo en la cabeza que lo envió al suelo. «¡Gordo desgraciado!»- dijo el doble F medio mareado por el impacto. Con el golpe, el fósforo encendido se le cayó de la mano y rodó hasta el piso empapado de combustible. Y entonces se hizo la luz. Y el fuego más bello que ojos humanos jamás hayan visto se originó. Unas llamas que parecían celestiales, con una velocidad vertiginosa, comenzaron a desplazarse por todas partes. Una manga de la camisa del doble F que se había salpicado de combustible también se le incendió. Eso lo hizo despertarse por completo, y decir un rosario de improperios que nunca antes había dicho. Al ver la hermosura de ese fuego, el padre también se quedó un instante algo maravillado. O tal vez fueron las tantas maldiciones que por primera vez le escuchó al doble F lo que lo dejó anonadado. Por la razón que hubiera sido, el asunto fue que el doble F aprovechó para reponerse de un todo, arrancarse la camisa que le estaba cocinando una mano, coger del suelo uno de los maderos que había llevado para condenar las puertas y le propinó un leñazo. El padre cayó de rodillas. Luego el doble F lo golpeó unas cuantas veces más, con lo que el sacerdote terminó de sentarse. Acto seguido, acomodó el cuerpo del padre Polanco entre las llamas. Como es bien sabido, la grasa aviva el fuego. Así que cuando el doble F le agregó esa tonelada de cebo a las llamas, aquello fue como una bendición que ardió hasta lo indecible. Una gran euforia se apoderó del doble F. Nunca antes se había sentido tan feliz.

Las llamas pronto llamaron la atención de los que estaban dentro. Pero ya era tarde para que el diablo hiciera un milagro que los salvara de morir achicharrados. Pobres, pinches, padres, patrañosos, pendejos, palinículas, pícaros, perversos, pemenas, perplejos, parlaembaldes, pocas cosa, peneques, porquerías, pretervos, ponzoñudos, pelotudos, perversos, pusilánimes, parásitos, paupérrimos, pésimos, podredumbres, pestilentes, pedazos de carne con ojos, estaban atrapados entre las llamas y ni siquiera su dios podía salvarlos. Al doble F le hubiera gustado mirar esa gran hoguera con una cretina admiración, tal y como lo hacían nuestros antepasados en los tiempos cavernarios, pero debió alejarse de allí y emprender la fuga, pues pronto llegarían los bomberos y los curiosos, y le pedirían explicaciones. Y, a decir verdad, el doble F nunca fue muy versátil elaborando argumentos para justificar su versión de la justicia.

Mientras maleta en manos cruzaba la enorme finca propiedad del seminario, el doble F escuchó en la distancia las lejanas sirenas de los bomberos que iban al rescate. Ya para entonces no había un área del edificio que no estuviera ardiendo en llamas.

Volvió a mirar al seminario que quedaba atrás, como quedan las pesadillas rezagadas en la sombra de la noche, y se sintió un poco melancólico al saber que nunca más volvería por allí. Ya para entonces el edificio adyacente al seminario era un bólido de candela a salvo de cualquier milagro de rescate.

Un instante después el doble F tomó un autobús sin un destino fijo. En horas de la tarde, al pasar por un pueblo del interior del país, se detuvo. Salió a caminar, y sintió una libertad que no recordaba haber tenido antes. Compró un sombrero negro, y unos lentes oscuros, por los que tuvo que pagar una fortuna. Era un precio exagerado comparado con el dinero que llevaba en el bolsillo. En horas de la tarde, en uno de los kioscos de ventas, se enteró que él había muerto esa mañana.

Según los periódicos y los boletines de noticia, que solían repetir cada quince minutos, un sorpresivo incendio había destruido gran parte del centro religioso San Juan el Bautista, de la ciudad de Santa Carmen del Consuelo, en la región oriental del país. El informe revelaba que, aunque las víctimas no habían sido identificadas, se calculaba que entre ellas estaban los doce curas que vivían en ese centro religioso y la de un seminarista que esa mañana debió estar con sus compañeros en un cursillo teológico, pero tuvo la mala suerte de volver al centro a buscar su Biblia. Decían que el seminarista fulano de tal (el doble F) era un prospecto para sacerdote, con un futuro brillante y otras exageraciones, que al doble F le causaban risa. «Es increíble como la muerte nos iguala a todos, y hasta nos puede elevar al grado de la santidad. Ahora que me crían muerto, me atribuían los méritos de un apóstol». me dijo él, a punto de echarse a reír.

En su aldea natal de La Divina Providencia recibieron la noticia de su muerte como una pérdida irreparable. Nadie quería creerlo. Los más creyentes encendieron velas y los menos conformes decían que lo de su muerte había sido una injusticia celestial. De él decían que había sido un ejemplo vivo de la cristiandad, un ejemplo digno de ser imitado, un alma de Dios y otras exageraciones. Al contarme esta parte de su historia, su rostro adquirió un aura de timidez. Pienso que se ruborizó al decirme que se sentía honrado de saber que en su pequeña aldea estaban orgullosos de él.

En La Divina Providencia llamaban al doble F, el huérfano, y era cierto. El doble F creció sin conocer a sus progenitores. La madre murió de Tosferina, cuando él apenas tenía meses de nacido. Su padre murió cuando él cumplió los cuatro años.

El doble F tenía de su padre algunos recuerdos sueltos y nunca estuvo totalmente seguro si eran memorias verídicas o si las había arrastrado de algún sueño. Pues algunos de esos recuerdos parecían no estar basados en la realidad. Recordaba, por ejemplo, a un hombre que debió ser su padre, con un niño sentado en sus rodillas haciendo de caballito trotador, mientras que una jauría de perros verdes descansaba a sus pies. O la del hombre que en los días de calor tocaba la trompeta para que se callaran las chicharras. Cuando su padre murió, una vecina se llevó al doble F para su casa y lo cuidó como si hubiera sido un hijo propio. Esa segunda madre adoptiva también moriría al poco tiempo y otros vecinos le brindaron el cariño que la muerte se empeñaba en arrebatarle. Aunque había vivido con la muerte pisándole los talones, y en la aldea lo querían como se quiere a un huérfano, él nunca se sintió como tal. Sentía gran respeto por los adultos y fue un buen amigo de los muchachos y muchachas de su edad, pues lo trataban como si él hubiera sido de su propia familia. A veces, al seminario le llegaban cartas de la aldea recordándole lo orgulloso que estaban de él. Le recordaban que, sin duda, él sería el primer sacerdote de La Divina Providencia.

Debido a la precaria situación económica del doble F, eran varias las familias que en los días de fiestas le escribían y le obsequiaban cantidades modestas de dinero. Dinero que él había ahorrado, y que cuando estuvo de incógnito, no lo dejó morirse de hambre. En la aldea fue tanto el impacto de su muerte, que llegaron al ridículo de organizarle un funeral simbólico, y una vela al noveno día.

El doble F llegó a la aldea al mediodía, la tarde de su entierro. Desde un árbol de mango cercano al cementerio presenció el triste desfile de su funeral. Era un cortejo de pobre con plañideras y rezos. Se emocionó hasta las lágrimas al ver en la retaguardia a Victorino Fernández, su padrino de confirmación, y quien desde los tiempos de Chapita había representado el Orden y la Ley en la aldea. Vestía de luto riguroso, a pesar del sol despiadado que azotaba.

Al doble F se le hizo un nudo en la garganta al escuchar los elogios que dijeron en su honor. Y no pudo aguantar más el deseo de llorar cuando escuchó a los mayores decir que él había sido como un hijo y como los más jóvenes enmudecían de la tristeza. Su padrino tomó la palabra para decir que podía imaginárselo en las alturas, sonriendo, y mirándolos a todos ellos. Su padrino nunca supo qué tan acertado había estado.

Cuando todos se marcharon, y el cementerio volvió a quedar solo, el doble F bajó del árbol y observó su sepultura. Intentó reírse de esa cómica realidad de la misma forma que acostumbraba a burlarse de las peripecias que a diario le presentaba la vida, y no pudo. Ver su propia lápida, sin embargo, le pareció tan conmovedor que en lugar de risa apenas pudo sofocar un quejido angustioso. Y sin poder aguantar la pena que lo acuchillaba por dentro se acomodó el sombrero y los lentes oscuros y se marchó tratando inútilmente de detener el lenguaje mudo de su emoción transformado en lágrimas.

Como si de verdad hubiera sido un alma en pena desandando los pasos, se fue por los caminos menos concurridos, guiado por la brújula de la nostalgia. Se sintió súbitamente cansado y se sentó debajo de un árbol de naranjo, el mismo al que tantos frutos le robó cuando era un niño. Y en ese mudo caminar, volvió a los árboles de tamarindos por los que tantas veces había frecuentado. Y caminó por los cercados y las barrancas que lo vieron crecer. Y desde la distancia pudo ver el espacio vacío donde estuvo la choza de palma en donde él había nacido. Desde la distancia el mundo parece un edén. Vio la aldea y pensó que era un lugar perfecto para uno allí morirse de viejo entre los suyos. Esa tarde, desde la distancia contemplo todos esos lugares que lo vieron crecer. Vio el lugar en donde tuvo su primera experiencia amorosa. Vio el camino en donde una vez lo derribó un caballo. Vio su vieja escuela. Vio a un niño volando un cometa de papel y tuvo la certidumbre de que estaba observando una escena de su pasado. Se sintió tremendamente nostálgico al ver ese niño y se preguntó que había pasado con su niñez, por qué pasó tan rápida y ligera, como una primavera apresurada por el verano. Y sintió una lágrima ardiendo que bajó por su mejilla. Y se sorprendió a sí mismo cantando esa canción que dice que cantando se alegran los corazones. Y sin poder hablar, pues el nudo en la garganta no se rendía tan fácilmente, se alejó de allí sintiéndose vilmente cansado, e impactado por el aguijón de la melancolía.

Cuando el crepúsculo con sus labios dorados besó la tarde y el horizonte se vistió de oro, un camión que transportaba pertrechos de granjas, con la radio a todo volumen y que iba en dirección a la ciudad, se detuvo para encaminarlo. A esa hora en la aldea, desde la distancia se podían escuchar en la radio las canciones de Francisco Henríquez inspiradas en contiendas de peleas de gallos y hazañas de hombres tan bravos, que el ejército rehusaba llegar a hasta sus pueblos para no tener que enfrentarse con ellos.

El chofer debió gritar por encima del escándalo de la radio para hacerse escuchar.

«¿Para dónde vas?»

«Para la ciudad» –dijo el doble F.

La ciudad era Santiago de los Treintas Caballeros. Pronto, el camión, se fue galopando por un sendero de baches. Y pronto, ante los ojos del doble F desaparecieron los últimos bohíos. Cuando ya no era posible ver a través de la estela de polvo y el reguero de música que iba dejando esa maquinaria a su paso, el doble F continuó viendo esas chozas empobrecidas, pues se habían convertido en una imagen indeleble en el mural de su memoria.

Al siguiente día, en un puesto de periódicos próximo al aeropuerto al doble F le llamó la atención de la portada de un diario. Este anunciaba: «Iglesia Católica Está de Luto». Un tanto por saber si habían descubierto nuevas pistas sobre el origen de ese incendio, y otro tanto para evitar mirar a los ojos, lo compró. Con un sentimiento de orgullo, miró las fotografías de la destrucción del incendio y se dijo que no estaba nada mal para un principiante.

En el baño del aeropuerto, el doble F se cambió de vestimenta. Vistió camisa y pantalones negros, sombrero también negro, marca Borsalino. Se colocó el cuello clerical que tanto identifica a lo religiosos, se miró en el espejo y el reflejo le mostró a un caballero alto, joven y elegante; tremendo tipo. Era la viva imagen de la elegancia. Unos cuantos años más y se hubiera hecho pasar por obispo o cardenal. No se sorprendió cuando al salir alguien lo confundió con John Clooney, pero al instante se disculpó: «ah perdóneme, padrecito».

Al doble F le molestó que lo llamará en diminutivo, como si él hubiera sido un enano. ¡Ese imprudente! Poco faltó para que el doble F se regresara y le propinara un par de pescozones. Pero no llegó a ese extremo. Recordó que él debía aparentar ser un ministro del Señor, y dichos personajes, ante todo, son agentes de la apariencia.

El doble F entró a la fila de los que registraban sus maletas y mostraban sus documentos a los agentes de Migración. Fue en ese instante que le echó un vistazo a su pasaporte y se percató de que la fecha de vencimiento hacía casi dos meces había caducado. Pensó salirse de la fila, perder el vuelo y hacer las gestiones necesarias para poner sus documentos en regla. Pero de inmediato recordó que la Policía en cualquier momento podía descubrir que el fuego había sido intencional y al no encontrar sus restos entre las demás víctimas, no tardarían en verlo como sospechoso y autor de ese siniestro. Otra cosa también pensó: que cómo carajo podía renovar unos documentos que no eran suyos. Así que debió hacerse el bobo y le alcanzó su pasaporte al agente de Migración. Mientras esperaba, fingía leer el periódico, y hacía cara de disgusto, por la noticia que estaba leyendo. El agente pronto lo interrumpió: «padre, señor padre, discúlpeme un momento, señor padre».

«¿Qué se le ofrece señor agente?»

«¿Me puede acompañar un momento?»

«Por supuesto que sí, señor agente. - Y se dijo: me descubrieron».

En un cuarto apartado de la vista de los demás pasajeros, sobre cuya puerta decía: Director.

Dentro, un hombre joven, y de aspecto neurótico jugaba con un lapicero caro. Al ver al doble F, el hombre saltó de la silla para ir a saludarlo.

«¿Cómo está señor padre?» - le preguntó el director de aduanas esbozando una sonrisa con dientes perfectos.

Al vuelo, el doble F le hizo una evaluación psicológica. Dedujo que a juzgar por su energía, ahora refrenado como diablo de Tasmania en una jaula, el director debió sufrir de hiperactividad cuando niño. Seguramente fue todo un remolino en el salón de clases, un verdadero demonio.

El doble F se hubiera quedado un buen rato con ojos de rayos x tratando de descifrar mejor al director con cara loco, pero debió volver a la realidad. El director le estaba hablando:

«Padre, ¿señor padre?, la fecha de su pasaporte está vencida».

«¡Madre del Señor!, ¡Qué tragedia!» –Exclamó el doble F.

«¡Qué descuido el mío! Esta debe ser una prueba más del Grandísimo. He estado tan ocupado en los asuntos de la Santa Iglesia, que me he olvidado de revisar mi pasaporte antes de viajar. Los líderes religiosos tenemos una convención general en el Vaticano que comenzará pasado mañana. En esa ceremonia, seré nombrado posiblemente obispo. Estas últimas semanas me las he pasado con el cardenal Iparra-Aguirrez organizando la agenda a seguir y trabajando para cumplir con el itinerario del viaje. Al regresar, tendré tiempo para poner mis documentos al día. El tiempo vuela y cuando se está las veinticuatro horas sirviendo a la voluntad del Señor nos descuidamos de nuestros asuntos terrenales».

Ahora, mirando al agente de Migración a los ojos, el doble F le dijo: «A diario, Dios pone a prueba nuestra fe y nuestro buen corazón. Discúlpeme, señor agente, por este inconveniente. En nombre de Dios, ¿Hay algo que usted pueda hacer por mí y por nuestra Santa Iglesia? No me gustaría faltar a esa cita en el Vaticano. Incluso mi nombramiento podría ser afectado de forma negativa. Habrá un delegado religioso por cada país, y tengo la obligación de representar al nuestro. Temo que el cardenal Iparra-Aguirrez se afligirá grandemente, si yo no pudiera acudir a esa convención.

-Miró la identificación que el director tenía colgado en el cuello, y agregó:

«sé también que su nombre Sinforiano Mendoza, el director de Migración que en un momento de crisis socorrió al representante de Dios, es un nombre que el cardenal jamás olvidará. Estaremos todos muy agradecido de su buen gesto».

-Y como si hubiera estado recitando una canción de Hector Lavoe, le dijo:« señor agente, piense que el Señor, el que todo lo sabe, el que todo lo ve, el que no conoce de egoísmo, ni actúa de mala fe, nos está mirando en este preciso momento. Dígame, ¿puede usted hacer algo para evitarme la vergüenza de no poder viajar?».

El agente miró a las alturas, le dio una palmadita en la espalda, respiró hondo y le respondió:

«No se preocupe, señor padre».

En un abrir y cerrar de ojos, el hombre sacó un sello seco de una de las gavetas de su escritorio, lo estampó y le devolvió el pasaporte y le dijo: «vaya con Dios padre».

«Que el Señor te bendiga por tu buen corazón, y derrame toda su bendición sobre ti, querido siervo de Dios», le dijo el doble F, y se marchó sudando frío.

QUINTO CAPÍTULO

||||||||||||||||||||||||||||||||||||||||||||||||||||||||||||||||||||||||||||||||||

Al pisar tierra extranjera, lo primero que hizo el doble F fue echar a la basura sus documentos falsos de identidad. Se juró así mismo ser un hombre nuevo, un joven sin rencor ni maldad en el corazón, comenzar de nuevo y confundirse entre los demás, como se confunde un murciélago entr e un vuelo de golondrinas. Eso y nada más era cuanto ambicionaba el doble F. Se había prometido que sería un hombre de paz. Se había dicho que viviría en una completa armonía con sus semejantes. Se había repetido más de una vez que lo ocurrido en el seminario era algo del pasado; un acto aislado que con el paso del tiempo quedaría relegado a la categoría de una pesadilla insignificante. Y de verdad creyó que había aplacado ese impulso de vengador que lo hostigaba por dentro cuando percibía un acto de injusticia. Y tal y como un hombre ambicioso que ha desistido del deseo de llegar más alto, y claudica y empieza de nuevo una vez más, así el doble F estaba resuelto a vivir eso que llaman una vida normal. ¿Depositó él cierta esperanza en la efectividad de las leyes jurídicas? No, claro que no. Y sin embargo, hubiera dejado que los sistemas de justicia actuales, actuaran libremente según lo establecen sus constituciones. Hubiera dejado que las justicias de los gobiernos presente, a pesar de ser tan inicuas, actuaran ejerciendo la potestad de su ineptitud y que brillaran con la luz propia de la ineficacia. Luego de pensar así, su corazón, había experimentado un placer parecido al sentimiento que experimentan los creyentes luego de confesarse ante el Espíritu Santo.

Pensando así, en el barrio de Luisaida, el doble F se hizo amigo de su vecino. Él se llamaba Virgilio Giral y tenía más de setenta años cuando el doble F lo conoció. Supo de su nuevo amigo, que en los años de su juventud había vivido una vida de lujuria apoyada por las buenas relaciones que había tenido su familia con el gobierno de Anastasio Somoza Debayle. Pero por los días que llegó aquí de visita ocurrieron cambios abruptos en la política de su país. Su gobernante amigo fue derrocado por las fuerzas revolucionarias de Daniel Ortega, y Los Sandinistas y debido a esa estrecha relación con ese gobernante, el viejo Virgilio Giral no pudo regresar a su país natal. Su nuevo amigo era un capitalista empedernido. Opinaba que las revoluciones en las sociedades modernas causan el mismo efecto que plagas de langostas en un sembradío con hojas tiernas. Cuando se refería a los sandinistas, él los llamaba «los mierdas esos».

El viejo Virgilio decía que el doble F tenía un gran parecido con su nieto, a quien tenía más de veinte años de no ver. Desde entonces, Virgilio se convirtió en guía turístico, maestro de literatura y consejero espiritual del futuro vigilante. El viejo Virgilio hablaba de los escritores modernos y de los clásicos del Siglo de Oro, como si los hubiera conocido a todos personalmente. Era todo un erudito.

Virgilio era un gran aficionado a la lectura. Su autor favorito era Julio Verne y le regaló al doble F las fascinantes *Veinte Mil Leguas de Viaje Submarino*. Y lo llevó a conocer los lugares más pintorescos y los más antiguos de esta ciudad. Juntos visitaron mercados de pulgas y presenciaron conciertos al aire libre. Una vez viajaron seis días en autobús para visitar el museo de la antigua cárcel de Alcatraz. En otra ocasión en que caminaban por un barrio de esta ciudad, tres hombres barbados les pidieron que les ayudaran a barrer las hojas secas de un solar. Luego, se enterarían de que esos tres hombres con aspecto de labriegos eran arqueólogos que en ese mismo lugar habían descubierto un cementerio de esclavos negros.

Un día cualquiera, luego de andar vagabundeando por la ciudad, Virgilio Giral y el doble F llegaron a un parque con vista al mar. Habían pasado ya gran parte de la tarde a la sombra de un cedro, cada quien inmerso en su lectura, cuando Virgilio interrumpió la suya para sentenciar: «La vida no es más que una chispa de luz en las tinieblas de la eternidad», al parecer una declaración desprendida de algún pensamiento estéril. No fue tal, pues el ángel de la muerte pasó volando y dejó el aire revuelto por un reguero de plumas que parecían ojas. Pasó un instante y más hojas continuaron desprendiéndose de los árboles y el doble F pensó que había sido el sedimento de algún ciclón lejano en la cuarta dimensión. Él no vio ni escuchó el revoloteo del emisario de la muerte, pero presintió su cercanía de tal forma, que cerró el libro estremecido por el impacto de una aprensión. Y un instante después, aunque el sol apenas comenzaba a perderse en el horizonte y la luz era todavía buena para leer, desistió, porque la musa de la lectura había volado espantada por el susto.

La última vez que estuvieron juntos, Virgilio y el doble F habían acordado ir a pescar el sábado de la semana en curso. El día acordado, Virgilio lo llamó por teléfono para informarle que tenía un regalo para él. «¿Una vara de pescar?»-trató el otro de adivinar. Su amigo le había contestado que era algo muy bueno para la soledad. Impaciente por saber más sobre ese obsequio, terminaron de hablar y salieron al encuentro. Era un día placido de verano, de esos en que a uno le da por mirar la inmensidad azul del cielo. Al llegar a la zona industrial, cerca del muelle de esa ciudad, el futuro vigilante dejó el tren, y no bien había bajado a la calle, escuchó algunas detonaciones en la distancia. Pensó que eran fuegos pirotécnicos con motivo de la celebración por algún día de fiesta nacional. Nunca pensó que las alas de una desgracia podían abrirse y ensombrecer un día tan impecablemente diáfano como ese. Pero en el universo hay mucho más sombras que luces y la oscuridad no tardó en imponerse.

La Policía había llegado primero que el doble F al lugar. Dos pandillas enemigas se habían enfrentado a tiros en el preciso lugar en donde su amigo lo había estado esperando. Virgilio había estado sentado en el andén contra una de las torres del tren de cargas cuando lo alcanzó la bala que le quitó la vida. A la distancia, cuando lo vio sentado, el doble F pensó que nada malo le había ocurrido. Tuvo la impresión de que Virgilio estaba descansando. Ni siquiera la Policía se había percatado de su muerte. Pero cuando el doble F se acercó, reconoció en su postura la autoridad de la muerte. Su viejo amigo llevaba en una mano dos varas de pescar y las carnadas. En la otra tenía una bolsa de compras, y en ella una caja de zapatos y dentro había un cachorrito blanco, no más grande que una paloma. Cuando lo escuchó acercarse, el tierno animalito hizo un quejidito de impotencia. Con el corazón apesadumbrado de tristeza por haber perdido a su mejor amigo, el doble F levantó el cachorro como quien levanta del suelo una tierna flor blanca. Llorando de amargura y de impotencia, lo apretó contra su pecho, y sintió un calor intenso a la altura del estómago que le empapaba la camisa, y pensó que otra bala perdida lo había alcanzado a él también. Pero pronto se percató de que era el calor de la primera meada que le daba su nuevo amigo. El doble F no entendió por que esta frase del capitán Nemo acudió a él: «**Allí donde otros han fracasado, yo no fracasaré**».

El doble F no creía en el destino y sin embargo supo que a partir de ese momento el sendero que había de conducirlo a la tumba estaba ya marcado y resuelto. Lo ocurrido esa tarde marcó su vida para siempre como una cicatriz rencorosa en el rostro, y lo haría comprender que una cosa es la ley y otra muy distinta es la justicia. Pero la decisión de sentenciar y hacer pagar a los enemigos de la sociedad no la tomó en ese preciso momento. Desconsolado, sin dejar de llorar, sin ni siquiera avisar a la Policía, con el cachorrito en las manos, sin un rumbo fijo, se marchó de allí con pasos imprecisos, como un hombre espoleado por una adicción.

Una gran decepción tomó refugio en el doble F, y por un tiempo indecible sufrió una dolorosa depresión. Se pasaba el tiempo tirado en la cama, como un triste borracho tirado en una cuneta. Su cuerpo experimentó un cambio sin precedentes. Y cuando a regañadientes se levantaba, era sólo impulsado por el deber de darle de comer a su tierno amigo el capitán Nemo. Éste andaba con los ojos medio cerrados y con patas vacilantes, investigando cada rincón del apartamento. A veces, cuando su torpe visión no le permitía ver las paredes y se golpeaba, o cuando era incapaz de salir de algún rincón, sus gritos despertaban al doble F, y éste de mal humor se decía que su amigo muerto en lugar de un regalo le había obsequiado un incordio. «¡Perro tan molestoso, carajo!» Se quejaba, y se levantaba para ir al rescate de Capitán. Unos de esos días tratando de estirar las articulaciones, levanto los brazos y de sus axilas salió volando un penetrante olor a chivo cojonudo, aun así, decidió postergar el baño para otro día.

Así, atribulado por una espantosa infelicidad, el doble se pasó semanas tirado en la cama, sin importarle su apariencia física ni el descuido de su apartamento o si el mundo continuaba girando o no. Como un adicto precisa de narcóticos para subsistir, así sentía él que le faltaba algo y sin embargo, no entendía qué podía ser.

Un día cualquiera se sintió asombrosamente mejor. No había probado un bocado hacía días. Estaba hambriento. Y se dijo: «tengo hambre»- Y luego agregó: «tengo hambre y sed de justicia». Y supo que hacer justicia era lo que de verdad le hacía falta. Ese día decidió su verdadera vocación. «El que no es capaz de luchar por los demás, es incapaz de luchar por sí mismo»- Eso se lo había escuchado decir a Fidel Castro alguna vez y se dijo: «Y yo qué estoy esperando». Ese día Bertilio Suárez decidió que sería un Filántropo. Un vigilante anónimo que usaría su versión del bien y del mal para hacer justicia.

En el baño, apenas reconoció al tipo barbado y de apariencia lastimosa que se reflejó en el espejo. Con la barba, el bigote y el cabello desgreñado, él era la viva imagen del leñador castigado en la cara clara de la luna. Pensó que nadie, ni su propia madre lo hubiera reconocido en tan lamentable condición. Sin embargo, no le cruzó ni por la mente cometer una fechoría y ocultarse detrás de sus vellos faciales. Había leído alguna vez que la gente de barbas y bigotes, resaltan en cualquier parte, como una nota discordante en una sinfonía.

Por ese entonces, habían crecido y ganado bastante popularidad tres grupos igualmente violentos: Los Templarios, La Sagrada Familia y «The Warriors» (los Guerreros). ¿Cuáles habían sido los que se habían enfrentado y de camino mataron a su amigo? El Filántropo no lo sabía, ni le importaba. Todos eran unos sanguinarios asesinos y por ende, igualmente culpables. Decidió integrarse a ellos. Se conoce mejor al monstruo, cuando se está en sus entrañas. Él sabía que los pandilleros, todos eran una partida de bribones que hacían alarde de sus barbaridades.

Así que sólo fue asunto de días para que se enterara de sus detalles. Y así fue. Supo, sin mucho investigar, que los «Warriors» habían tenido recientemente una pelea con Los Templarios en la estación del puerto viejo, cerca del tren N.

El Filántropo decidió no perder tiempo y de inmediato hacer cuánto fuera necesario para poder integrarse a Los Templarios. No fue fácil llegar hasta ellos. Eran muy peligrosos y esquivos. Estudiaban a los prospectos a integrantes como biólogos a los insectos con una lupa. El futuro vigilante se fue acercando a ellos poco a poco, como quien nada en un mar infestado de peces carnívoros y espera en cualquier momento una mordida mortal.

Una noche que salía a darle una vuelta a Capitán, un niño de unos ocho años se le acercó al Filántropo y le dijo en voz baja, casi como un secreto: «el arca de la alianza está en la cercanía». Y él se dijo: «y a mí qué me importa». Pensó que se trataba del mensajero de unos de esos religiosos que andan por ahí vendiendo la desgastada promesa de la vida eterna y reclutando a almas incautas. El Filántropo no tenía ni idea de lo que ocurría y lo ignoró. Días después supo que esa era la contraseña de Los Templarios, y supo cómo debía responder. Noches continuaron transcurriendo y en otra ocasión el muchacho se acercó una vez más y volvió a repetirle lo mismo. Esta vez él le respondió: «me gustaría ser digno de custodiarla». Esa misma noche el mismo mensajero de la pandilla le informó sobre el ritual de iniciación.

Para ingresar a la pandilla, El Filántropo debía apuñalar a alguien sin que le causara la muerte. Ellos le mostrarían la víctima y él debía propinarle la puñalada. Si la víctima moría, él también sería sacrificado.

Su futura víctima era un hombre joven, al parecer de aspecto tranquilo y respetuoso. Era el tipo de persona que al Filántropo le gustaba ver en su comunidad. No tenía ningún motivo para hacerle daño, a sí que le costó decidirse. Se convenció pensando que aunque pareciera una gran contradicción, su violencia era en favor de la paz del futuro.

La noche de la iniciación, miembros de la pandilla estaban observándolo. No debía vacilar ante sus ojos. Debía propinarle una herida no peligrosa en el pecho a su víctima. Hicieron un largo recorrido en el tren, cerciorándose de que no hubiera policías en la cercanía. Cuando sintieron que el peligro era mínimo, le indicaron que era la hora de actuar. El Filántropo fingiendo observar el mapa del subterráneo, se detuvo frente a su víctima. Esperó el instante que las puertas se abrieran y le clavó el cuchillo en el hombro izquierdo. Luego, saltó a la plataforma en el momento que las puertas se cerraban. Los futuros compinches desaparecieron y El Filántropo pensó que no los había impresionado. Pero días después, él ya era un miembro activo de Los Templarios.

El nombre de la pandilla sugería que sus integrantes debían ser latinos y por tal razón, El Filántropo pensó que su herencia cultural le facilitaría cierta apertura y hasta una bienvenida por parte de los miembros. Estuvo correcto sólo en parte. Si, la pandilla en su totalidad estaba formada por hijos de emigrantes latinos. Eran tipos de facciones familiares, aunque eran perfectos desconocidos. Al él le hubiera gustado entenderse con ellos hablando castellano, pues a pesar de sus veinte y tantos años intentando hablarlo, su inglés continuaba siendo deprimentemente rudimentario. Entabló sus primeras conversaciones en su lenguaje nativo. Pero los miembros de la pandilla en su totalidad eran tipos nacidos en el extranjero y daba lástima para no decir vergüenza, escucharlos parloteando en el idioma de Cervantes. Se comunicaban en una jerga con más anglicismos que nudos en el pelambre de un ovejo. Cualquier diálogo con ellos le resultaba intolerable. Sólo el mero hecho de escucharlos hablar, al doble F le resultaba una experiencia dolorosa. No tuvo más opción que comunicarse con ellos en su patético inglés.

Muchos de los miembros tenían cuerpos atléticos. Exhibían sus tatuajes, sus estrellas de balazos y tachones de puñaladas como si hubieran sido reconocimientos honoríficos. Todos, sin excepción, llevaban un rosario. Algunos lo tenían colgando al cuello y otros, lo llevaban tatuado en un brazo. Se persignaban al pasar frente a las iglesias, los cementerios y antes de cometer actos arriesgados. El Filántropo también debió imitarlos para pasar como uno de ellos. El Filántropo aprendió sus costumbres religiosas y cuando hablaban sobre planes futuros debían decir cosas como: si Dios quiere, si Dios me lo permite, o primero Dios.

El Filántropo participó en múltiples excursiones en los subterráneos del tren pintando grafitis, a los que la pandilla llamaba «murales sagrados o arte gráfico». El participó además en catorce robos, en más de una decena de asaltos a mano armada y tomó parte activa en una pelea sangrienta que tuvieron con los de La sagrada Familia. En esa reyerta, murieron dos miembros, uno quedó tullido de por vida, y más de ocho resultaron con heridas graves. El no salió ileso de esa pelotera, pues en la espalda le propinaron un rebencazo, con una cadena, cuya cicatriz en forma de número ocho me mostraría tiempo después cuando fui su vecino y me reveló esta historia que ahora les cuento. Incluso, él mismo me prestó su Nikon D3300 para que le fotografiara esa cicatriz; foto que guardo en este álbum. Ya se la muestro. Aquí está. Mire, es esa que tenía ahí, no ahí, un poco más abajo, cerca de ese lugar donde la espalda cambia de nombre.

En otra refriega entre pandilleros, El Filántropo recibió un balazo, que por suerte era de calibre bajo y le rebotó en el omóplato derecho. No convaleció mucho tiempo y la cicatrización fue relativamente rápida, pero el dolor le regresaba recrudecido todos los inviernos. En su vida de pandillero, el doble F aprendió artes marciales y muchas de las técnicas que luego usaría para despistar a la policía, como: escribir mensajes visibles contra sus propios amigos, y dejar prendas con las huellas dactilares de otros pandilleros en el lugar del crimen.

El líder de los templarios era un levantador de pesas. Tenía un gimnasio en el sótano que usaban como cuartel general. El jefe no perdía una ocasión para hacer alarde de sus grandes músculos. Se llamaba Mario Extravagante y por la forma como vestía, podía decirse que le hacía honor a su apellido. Vestía como un príncipe sin clase, pero un príncipe, al fin y al cabo. Era un tipo apuesto que curiosamente vestía unos veinte años pasados de moda. Pantalones de gabardina con campanas y tan ajustado, que a lo lejos se le podía ver pintada el tamaño del tallo, camisas floreadas con un lazo a la altura del ombligo y calzados con hebillas al estilo del capitán Henry Morgan. El tipo representaba un peligro tanto para la sociedad como para la salud cardíaca de un diseñador de modas. Sus alhajas eran escasas pero exquisitas: llevaba puesto un anillo con piedra en el anular izquierdo y una cadena de oro de 24 quilates, tan gruesa, que si hubieran amarrado con ella a un perro, no se hubiera escapado fácilmente. Con esa indumentaria de otra época, el bribón parecía disfrazado para un carnaval.

Se decía del líder de Los Templarios, que se había ganado el respeto de los miembros de la pandilla por su aplomo y su sangre fría a la hora de tomar decisiones difíciles. Siendo un recién ingresado en la organización, había ametrallado a uno porque se mofó de su forma de vestir. El líder volvió a usar su ametralladora no mucho tiempo después, porque alguien que desconocía su insensibilidad para el cinismo, dio unos cuantos pasos de baile al estilo de Austin Powers, le mostró el dedo índice y el mayor en forma de «V», y le dijo, «paz hermano».

Los templarios obedecían a su líder con una fe ciega y una sumisión bestial. Desde los primeros días El Filántropo se percató, que los miembros eran capases de matar a cualquiera, con tal de ganarse su amistad. Eso lo llevó a la otra conclusión: que la dependencia en ese liderazgo era un asunto de vida o muerte. La razón: no tenían a nadie más entre sus filas para sustituirlo. Y eso interiormente alegró al Filántropo, pues pensó que eso le haría más fácil lo que estaba planeando. Supo que la pandilla sin su líder hubiera sido lo mismo que una gallina sin cabeza.

Los dieciocho meses que El Filántropo pasó con los templarios, sintió que se extendieron como si hubieran sido dieciocho años. Cada día que pasaba, él no hacía más que planificar cómo matar al jefe. Pensó en un momento de descuido, envenenarle la comida, o matarlo de forma que pareciera un suicidio. Pero no podía encontrar una sola ocasión para poner en marcha uno de esos planes. En ocasiones se acercaba a él tratando de descubrir alguna debilidad, pero como si hubiera sospechado de las intenciones del Filántropo, el jefe inmediatamente flexionaba los músculos y comenzaba a levantar pesas. Acostado sobre un banco podía levantar 300 libras. El era una verdaderamente bestia en todos los sentidos de la palabra. Una tarde que estaba levantando ese mole de hierro, sin ninguna intención El Filántropo le dijo: «tienes talento mano». Y vio una luz de orgullo que brilló en los ojos del jefe. Al parecer le gustaba que lo alagaran. Fue entonces cuando El Filántropo supo que había descubierto la forma de como matarlo. Desde ese día El Filántropo observó que cuando hacía los ejercicios, el Jefe esperaba que lo admiraran. Quería que le dijeran que él era la reencarnación de Sansón. El Filántropo que ahora conocía su debilidad, no se hacía rogar y le daba cuerda como a un viejo reloj. En una de esas ocasiones en que El Filántropo lo alababa, le dijo: «cada vez más veo en ti la condición de un señor universo». El no dijo nada, pero se miró los brazos, en señal de aprobación.

El día que El Filántropo envió al jefe de los templarios a la eternidad, llegó al cuartel general como siempre, bebiéndose una Coca-Cola. En barrios de guapos es bueno siempre andar con una botella en la mano, pues nunca se sabe cuándo, ni por donde se arma una reyerta y hay que romperle esa botella a alguien en la cabeza.

Era el mes de agosto, y un calor de perro reinaba ese verano. Era exactamente las dos de la tarde cuando El Filántropo llegó frente al edificio. Cada uno de los miembros que estaba allí vigilando el lugar trataba de sobrevivir al intenso calor. Unos se abanicaban con pedazos de cartón, y los otros estaban medio dormidos, tratando inútilmente de refrescarse con el resuello cálido de un ventilador de pedestal. El Filántropo se sentó al lado de los que estaban cerca del ventilador. Estos habían intentado jugar barajas, pero con la brisa las cartas salían volando y pronto desistieron. Entonces les dio por adivinar qué equipo de pelota ganaría la serie mundial ese año. Unos apostaban a los Yankees, y otros decían que ese año les tocaba a Los Indios de Cleveland. El Filántropo los dejó discutiendo. Cuando bajó al sótano, el Jefe se lo estaba metiendo a una güera. La reacción inicial del Filántropo fue de sorpresa y ruborizado, pensó en no hacer ruido para no interrumpirlo, y volver a la calle. Pero recordó que él debía actuar como un pandillero, un tigre del diablo, que no debía darle importancia a las emociones humanas. Fingió no darle importancia al asunto. El conocía a la jeva. Ella había estado barias veces en el sótano. Y como ella era una de las novias del jefe, él había tenido que observarla de refilón. Sin embargo, esas breves observaciones habían bastado para notar que ella estaba de lo más buena. Al Filántropo le resultaba imposible ignorarlos. La muchacha deliraba de ganas y gritaba todo tipo de groserías. El Filántropo sintió aridez en la garganta, y le dio un trago a su Coca-Cola. Ellos continuaban dando leña, como si nada. Pero El Filántropo, aunque miraba para otro lado, no se perdía un detalle de ese derroche de hipidos. Le volvió a dar otro trago a la Coca-Cola y trató de entretenerse con cualquier cosa. En la televisión sintonizó los dibujos animados. Estaban presentando las aventuras del conejo más rápido del viejo oeste, el comisario Ricochet Rabbit bin bin binnnnnnnnnnnnn. Pero con esa mamacita gritando de placer a solo unos metros de distancia, el conejo comisario no le producía la mínima gracia al Filántropo.

El Filántropo sufrió la tortura de escucharlos diciéndose todo tipo de chulerías. Finalmente, escuchó los hipidos finales, y se hizo el silencio. Un instante después vió a la muchacha subir por la escalera alisándose el cabello con las manos. El Filántropo siguió fingiendo mirar las caricaturas, aunque no podía escuchar nada. Tenía el oído atento a lo que hacía el Jefe. Poco después, escuchó el sonido familiar de las pesas. El Jefe se disponía a impresionarlo. La oportunidad que El Filántropo había esperado durante tanto tiempo finalmente había llegado. El Jefe comenzó a poner dos platos de 45 libras. Luego procedió a levantar cuatro. Cuando tenía la barra con tres platos de 45 libras de cada lado, El Filántropo le dijo: «eres fuerte como un toro, puedes ponerle cuatro platos de cada lado, si te lo propones». El jefe, fingiendo ser modesto respondió que para eso necesitaría alguien que estuviera a su lado por si necesitaba ayuda. EL Filántropo, sin mostrar mucho interés, le dijo que él podía ayudarlo. Le dijo: «no necesitas ayuda, pero si quieres te puedo ayudar a levantarla». Y estuvieron de acuerdo.

El Filántropo fue a donde estaba el jefe. Pusieron las pesas en la barra y el jefe se instaló en el banco. Contaron uno, dos y tres. El jefe con una fuerza enorme hizo el esfuerzo inicial y levantó la carga. En ese momento final, el hombre tuvo un momento de lucidez, y al juzgar el peligro al que se estaba exponiendo, intentó poner la barra en el gancho de nuevo. Pero ya era tarde.

Las cuatrocientas veinte libras de peso estaban en el aire, sobre su garganta. El intentó una vez más volver a colocarla en su lugar, pero El Filántropo tenía el dominio de la barra y la empujó contra su cara. Mientras uno luchaba por no morir aplastado, el otro empujaba para matar sin piedad. Era una cuestión de vida o muerte: la vida de uno o la muerte del otro. El Filántropo sabía mejor que nadie, que si lo dejaba escapar, sería un hombre muerto. Apretó los dientes y empujó con todas sus fuerzas.

Entonces sintió la resistencia del jefe mermar. Al ver que la suerte se inclinaba a su favor, El Filántropo recuperó aún más fuerza y coraje, y empujó la barra por encima de la cabeza con toda intención de matar. Vio que los hierros descendían lentamente y pensó que tal vez no causarían el daño esperado. Pero cuatrocientos veinte libras es su peso impresionante y al caer casi siempre provoca consecuencias lamentables. Para asegurarse de que no sucediera ningún milagro a favor de su oponente, mantuvo un poco más el gran peso en equilibrio sobre su garganta. Solo soltó la barra cuando vio que la piel de su rostro se había vuelto de un gris mortal y notó en sus ojos el cristal de la muerte. Y supo que el títere se había ido para no volver. Era la segunda vez que El Filántropo volvía a matar y, a diferencia de la primera vez, ese entonces se sintió algo triste. Había escuchado que la primera muerte es la más difícil, que es la muerte que más pesa. Pero le sucedió lo contrario. Puede ser que la muerte de los sacerdotes no le afectó tanto porque no los vio agonizar. De la misma manera que es más fácil apretar un gatillo que lanzar una puñalada. Matar a la distancia es menos doloroso y más anónimo. Por eso los grandes asesinos que ha conocido la humanidad, pueden arrojar bombas, destruir hospitales y escuelas, destruir el medio ambiente y concebir leyes maquiavélicas para destruir naciones enteras y luego se creen ser grandes patriotas.

Después de la muerte del Jefe, El Filántropo se volvió algo pesaroso, pero pronto superó esa congoja pensando que estaba actuando en nombre de la paz. Incluso imaginó que desde el Cielo o desde el Infierno, desde el limbo de la eternidad o desde ese lugar a donde se van los amigos cuando mueren, su amigo el viejo Virgilio lo estaba mirando, y aprobaba su acción con una de sus habituales sonrisas pícaras.

Con una toalla El Filántropo limpió sus huellas dactilares de la barra de metal y corrió a informar a los demás miembros que había ocurrido una gran desgracia. No sabía exactamente qué había sucedido, porque él había estado en el baño todo el tiempo. Al parecer, el Jefe había estado haciendo ejercicios y las pesas le habían caído encima y lo había aplastado. Los miembros se mostraron algo incrédulos y El Filántropo internamente le receba al cielo para que se tragaran el cuento. El Filántropo parecía ser el más sorprendido y el más abrumado de todos. A sabiendas de que no habían cámaras en el local, preguntó si habían cámaras ocultas para que pudieran ver con certeza lo que había sucedido. Pero los otros miembros le respondieron que al jefe no le gustaban porque en caso de una redada las grabaciones podían usarse contra la propia pandilla. «¡Qué lástima!» –dijo El Filántropo, a punto de echarse a llorar de alegría.

Durante el funeral y las semanas siguientes El Filántropo vistió de luto absoluto y fue uno de los miembros más activos para asegurarse de que al Jefe se le organizara un hermoso entierro y se le dieran todos los honores que merecía. A pesar de ser uno de los miembros más jóvenes de la pandilla, le encargaron a él comprarle una lápida de mármol que colocaron en su tumba en el cementerio Saint Michael. Desde la entrada del camposanto, que está en el 72-02 de Astoria Boulevard, en Queens, se puede ver a mano derecha esa gran piedra de mármol, sin nombre y sin más epitafio que un verso de Nicanor Parra que anuncia:

«Si me dieran a elegir entre diamantes
y perlas, yo elegiría un racimo
de uvas blancas y negras».

Días después, fingiendo estar aún muy afectado por la muerte del jefe, El Filántropo les explicó a los miembros que no regresaría. Les informó que sin el jefe ya nada era lo mismo. En otras circunstancias le hubieran puesto un cañón en la frente y le hubieran recordado que Los Templarios tenían la obligación de servir a la pandilla de por vida. Pero para entonces la pandilla andaba al garete, y dadas las circunstancias, parecieron entender y no hubo ninguna objeción. Sin el jefe, los miembros no tenían un punto de orientación y estaban más confundidos que oscuras golondrinas sorprendidas por la ventolera de un ciclón.

Las cosas no salieron tan bien como El Filántropo esperaba pues, aunque los miembros de la pandilla se conformaron con el cuento del «accidente» que le causó la muerte al Jefe, los de la policía no fueron tan incautos y días después de pasado el funeral, estaban haciendo averiguaciones y querían saber el nombre de las personas que estuvieron con la víctima antes de su muerte. Pero antes de que eso ocurriera, El Filántropo desapareció de allí más rápido que inmediatamente y hasta el día de hoy.

La Sagrada Familia, era la otra pandilla rival. Durante el tiempo que El Filántropo pasó con Los Templarios, tuvieron varios encontronazos. Si se integraba a ellos, corría el riesgo de ser reconocido y terminar víctima de unos de sus sacrificios religiosos en que el sacrificado terminaba como San Sergio, con una cruz de palo de seis pies metida por el culo y en el mejor de los casos le daban un tiro de gracia en la frente para que terminara de una vez con la agonía. El tiempo que El Filántropo fue pandillero estudió detalladamente a La Sagrada familia. Sabía cuál era el territorio donde operaba, el local en donde tenía el cuartel general, quien era su líder, cuál era su contraseña y conocía varios de los crímenes que había cometido. Llamó a la Policía, de un teléfono público. Les dio toda la información que sabía de ellos y el resultado fue tan efectivo, que hoy se habla de esa pandilla en tiempo pasado y si algún miembro queda vivo, de ese tiempo glorioso ya solo le queda el fui: yo fui un malvado, yo fui más bravo que el diablo, yo fui un tipo temido etcétera, etcétera, etcétera. A los Warriors, El Filántropo los invitó en horas de la noche a una confrontación a puñaladas en el estadio, « don't keep us waiting losers» - les dijo El Filántropo. Luego llamó a la Policía y le s dijo donde y cuando podía atrapar a los temidos pandilleros. Esa noche armados a hasta los dientes, The Warriors fueron apresados, luego de un juicio judicial bastante breve, el Jefe y sus capitanes fueron sentenciados a cuarenta años de cárcel cada uno.

La paz necesita de la justicia humana, como la luz precisa de las tinieblas para poder existir. La paz y la injusticia social no son compatibles. Un pueblo que estimula la injusticia está condenado a nunca poder alcanzar la grandeza de poder vivir en paz. Estas fueron algunas de las conclusiones a las que había llegado a el Filántropo. El había visto como tantos gobiernos a medida que intentan bailar la danza absurda de la democracia, atan de pies y manos a los representantes de la Ley y el Orden. Y esa forma de pensar lo llevó a la conclusión de que matar canallas no es un crimen, es más bien un acto de justicia. Él, que había vivido en barrios de mala muerte y en los lugares mejor cotizados, se percató de la esfera de alimañas sociales que pululaban todos los niveles de la sociedad. Estaban los peces gordos, que con saco y corbata asaltan y roban a dos manos y estaban los crápulas sociales que proliferan en el epicentro de la pobreza, rufianes desalmados que con tal de perpetuarse en el meollo de su mediocridad eran capaces de disparar contra sus propias madres.

El Filántropo notó que tanto los burócratas de corbata como los sarros de la baja urbe eran ávidos, intocables zorros que siempre salían ilesos a la orden de enfrentar la ley. Comprendió que no hacer nada contra esas escorias sociales era una eminente irresponsabilidad, un colosal agravio a la gente de bien, a aquellos que día a día luchan por subsistir y ambicionan un mundo mejor y más justo. Sintió que el deber lo llamaba por todas partes.

Consagrado ya a la tarea de hacer justicia por su propia cuenta, El Filántropo pensó en los tantos líderes políticos y religiosos que en nombre de un dios han causado genocidios. Se preguntó qué había querido decir San Francisco de Asís con eso de «Señor, hazme un instrumento de tu paz». ¿Le pidió él valor al Señor para poder convertirse en un justiciero, ya que las leyes eran ineficaces? El Filántropo se contestó: posiblemente. Se preguntó, ¿Qué quiso decir Victo Hugo con eso de «Ser bueno es fácil, lo difícil es ser justo» ¿Estaba él sugiriendo la necesidad de imponer la justicia sin importar las consecuencias? Y El Filántropo se contestó: posiblemente. Se volvió a preguntar ¿Qué quiso decir J. Edgar Hoover cuando dijo «La justicia es incidental a la ley y al orden»? ¿Sugería él que la justicia es lo esencial y que está por encima de la Ley? Y El Filántropo se contestó una vez más: posiblemente.

Luego de dejar atrás la vida de pandillero, El Filántropo decidió cambiar de ciudad y de nombre. Decidió que se llamaría Joao Altagracia, nacido en Manaos, Brasil. Ya dedicado por entero a la filantropía y de hacer unos cuantos trabajos humanitarios, El Filántropo debió volver a cambiar de ciudad y de nombre. Entonces se llamaría Milton Roldan, luego Ariel Villa, Germán Bayona, Francis Alvarado, Prem Ramkamaran, Angito Flores, Eduardo Miguel y Jorge Ismael. Y así después de cada limpieza social cambiaba de nombre y de domicilio. Cuando nos conocimos, decía llamarse Bertilio Suárez.

SEXTO CAPÍTULO

||||||||||||||||||||||||||||||||||||||||||||||||||||||||||||||||||||||||||||||||||||||

Tener la convicción para actuar y saber que eliminar a unos pocos por el bien de la inmensa mayoría, le otorgaba al Filántropo la satisfacción de sentirse útil. Sentía un regocijo redentor, similar a lo que siente el granjero que puede erradicar las sabandijas que se meten al corral a matar las crías indefensas. ¿Me doy a entender?

El Filántropo ocultaba los secretos de su vida bajo el manto de la personalidad de un hombre educado, servicial, inofensivo, caritativo y trabajador. Cuando llegaba a un nuevo vecindario, lo primero que hacía era crear una buena imagen. Los fines de semanas vestía ropa con colores claros y neutros. Visitaba los parques, iba a misa, leía el periódico en la plaza y se dejaba ver por todas partes. Le presentaba a la comunidad la imagen de un hombre con los atributos de un santo. Iba a la iglesia con un ramo de rosas en las manos y se la colocaba en los pies a la virgen. Los días de trabajo vestía su uniforme de plomero y en horas de la tarde, frecuentaba los lugares públicos con la intención de perpetuar la imagen de un hombre trabajador, justo e indefenso. Luego que esa apariencia estaba plasmada en la mente de sus vecinos, lo demás era pan comido. Días después, en horas de la madrugada, si alguien lo veía con el uniforme puesto, sudoroso y arrastrando una gran bolsa oscura, a nadie se le ocurría pensar que ese gran bulto contenía un cadáver. No señor. Al verlo, la gente pensaba: pobre hombre trabajando a estas horas de la noche. Y les decían cosas como: «Dios te guarde, y te ampare, por trabajar tanto».

El Filántropo era un artista de la seducción. Decía que lo principal era la apariencia y que lo demás llegaba por añadidura. Eso lo había aprendido de los terratenientes, los explotadores y los usurpadores más bárbaros que ha dado este pobre continente en que nos ha tocado vivir.

¿Han visto como visten los déspotas cuando andan de civil?

Piensen en el presidente de turno, en el señor burócrata, en el abogado corrupto, en el prestamista avaro y estafador. Piensen en el banquero inescrupuloso y en el vecino asesino que raptaba niños, los violaba, los cortaba en pedacitos y luego les hacía un guisado a los perros callejeros. Todos tienen en común la vestimenta, los ademanes calmados, la sonrisa fácil y cuando dan el golpe delatador que los expone tal y como son, la gente sorprendida dice que el hombre parecía un santo. El truco está en ser serpiente y aparentar una mansa paloma.

Al Filántropo le causaban lástima todos esos pobres diablos que no desperdician un instante para expresar su maldad y echar a relucir lo que tienen. Visten ropas estrafalarias, se tatúan en la piel calaveras, dinamitas, cuchillos ensangrentados y anuncian en sus escandalosas vestimentas cosas como: «no me mires o te mato». Hablan a gritos, aunque no tengan nada qué decir, ni qué aportar en las conversaciones. Son seres nimios con coeficientes intelectuales por el piso. Fantoches ineptos que en los coches le suben el volumen a la radio y bajan el cristal para que todo el mundo sufra la desdicha de tener que escuchar la fanfarria de sus ineptitudes. A El Filántropo le daban lástima todos esos inútiles sin vocación.

Decía El Filántropo que, si alguna vez era descubierto y encausado por sus actos, no le hubiera molestado lo que dijeran de él. Sabía que son muy pocos los que abiertamente se arriesgan a admitir el beneficio de su trabajo, sin embargo, son muchos los que a diario le dan gracias al Cielo porque alguien anda por ahí cobrando las deudas y los intereses atrasados de aquellos que no han tenido la oportunidad de defenderse de sus agresores. Decía que la ley es para los que creen en la efectividad de los gobiernos actuales y esperan un divino reajuste de cuentas. La justicia, por el contrario, es para los que tienen los pies sobre la tierra y comprenden que debemos trabajar juntos y por un mismo propósito, porque si este barco se avería, nos hundimos todos.

Como le gustaba trabajar a sus anchas y en el anonimato, El Filántropo se cuidaba de no tener amistades ni conocidos cercanos. Nunca, sin embargo, pudo evitar ganarse el afecto de los que los conocimos. Aquí estoy yo como una viva muestra de lo que les digo. Yo, que llegué para delatarlo y terminé como santo Tomás. Aquí en Ciudad de Corsario, uno de sus vecinos del edificio donde vivía lo escuchó practicando al saxo en la soledad de su apartamento y el muy chismoso pronto corrió la voz de que él era un saxofonista del diablo. «¿Yo un maestro del saxofón? Eso es una exageración descomunal». Y citando una vez más a Mark Twain dijo: «todo cuanto se diga de mí, está vilmente exagerado». Se consideraba un aprendiz en todo y un gran experto en nada. El caso fue que las invitaciones comenzaron a llegarle y no lo dejaban en paz. Decían de él todo tipo de elogios: que era una dama de hombre, un alma de Dios y otras exageraciones que a él le desagradaban.

Le pedían el favor de tocar para grupos locales o para que cooperara en actividades sin fines de lucro o para el coro de alguna iglesia. Y la verdad es que el hombre no tenía el corazón para decirles que no. Le gustaba trabajar con los demás, poner su granito de arena. Pero todo tiene sus límites. Uno de esos días estaba tocando en un bazar cuyo dueño no estaba teniendo muy buena racha. Tocaba algunos temas populares, como el tema de La Pantera Rosa, Copacabana y Hotel California, cuando un representante municipal le informó que el alcalde, quien era un conocedor de la buena música, lo había escuchado tocar y había reconocido su talento. Como prueba de su reconocimiento y de su buen gusto, lo invitaba a tocar en una actividad con el fin de ayudar en su campaña de reelección. Sin demostrar el malestar que le causaban esos sinvergüenzas políticos, El Filántropo le dio las gracias por el elogio, y le preguntó que cuánto serían sus honorarios. El muy alcahuete ayudante del alcalde le respondió que nada, pero eso sí, que el alcalde le estaría eternamente agradecido. El Filántropo pensó aprovechar la oportunidad para dejarle saber su opinión sobre ese alcalde, quien a su juicio no era más que un racista empedernido y que, por tal razón, a él le caía más mal que una patada en los cojo… en la boca del estómago, que no le interesaba la política, ni los politiqueros y de camino decirle que se podían ir a donde se fue «el padre a pie». En lugar de eso, sólo le contestó que ese día él estaría ocupado, y que no tendría espacio disponible en los próximos diez meses. «¿Qué se han creído estos prostitutos políticos? ¿Estafan al pueblo, y esperan que les ayuden a cargar el botín? Si el alcalde me quiere escuchar tocando, entonces que me pague. El placer de estar a su lado no es suficiente para saldar el alquiler de mi apartamento»- se dijo El Filántropo.

El caso fue que a pesar de huirle al público, Bertilio siempre terminaba siempre entablando amistades, y sintiendo el afecto de la buena gente. Aquí en esta ciudad, por ejemplo, sin darse ni cuenta, terminó integrándose a una banda de músicos, y hasta quisieron que fuera el cantante.

SÉPTIMO CAPÍTULO

||||||||||||||||||||||||||||||||||||||||||||||||||||||||||||||||||||||||||||||||||||||||

El Filántropo ejecutó su próximo acto de justicia apenas semanas después de haber llegado a esta ciudad. Estaba haciendo un trabajo de cañería algo complicado. Eran unas cañerías un poco difícil y no había encontrado la manera más viable para resolver el problema. Pensando en eso estaba, cuando llegó a la estación y tomó el autobús. Hundido en esa preocupación, la conmoción de los pasajeros lo hizo volver a la realidad. El conductor le ordenaba a alguien que pagara la tarifa, o debía bajar del autobús. El pasajero lo ignoró. Y a su vez contraatacó con un rosario de maldiciones, que él prefería no repetir. El Filántropo pensó que aquello podía ser un truco de película, que ese pasajero desquiciado podía ser un actor de teatro y que sus compañeros podían estar entre los demás pasajeros, con las cámaras y los micrófonos ocultos, grabando la reacción de la gente. Pensaba que pronto el elenco de producción pediría disculpas, y se presentarían diciendo que eran miembros de tal y cual escuela de teatro.

Mientras elaboraba esa teoría, el pasajero indeseable fue a donde estaba El Filántropo. Lo observó de los pies a la cabeza, lo empujó y le gritó: «¡maldito judío! ¡Odio a los judíos!». La proximidad del pasajero le permitió al Filántropo deducir que al parecer el desquiciado se refugiaba en el subterráneo, pues apestaba a una legión de demonios. El Filántropo se puso de pie, dispuesto a no soportar sus abusos, y le dejó saber que no estaba de humor para películas. El hombre pareció entender, pues le dio la espalda y como el autobús continuaba detenido, se marchó gritando mil pestes. Los demás pasajeros observaban al Filántropo esperando que dijera algo sobre ese degenerado social. Él solo levantó los hombros, como quien dice: «esta ciudad está llena de locos». Pasaron largos minutos para que el aire volviera ser respirable.

El Filántropo se había olvidado de ese incidente cuando días después, cansado regresaba a casa en el tren. Estaba tan exhausto ese anochecer, que le costaba mantener los ojos abiertos. No había visto al Capitán desde esa mañana, y debía llegar cuanto antes para darle de comer y sacarlo a fetiar. Cerró los ojos un instante, y se quedó dormido. El Filántropo soñó que estaba entrando a su apartamento, que todo estaba en orden y él se decía, «esto no es normal, esto no es normal». Cuando de repente, alguien le pegó un pescozón y lo hizo despertarse estupefacto. «¿Qué diablos te pasa? ¡desgraciado!»- atinó Bertilio a decirle al tipo que estaba frente a él con el puño aún cerrado. Entonces lo reconoció al instante. Era el mismo mal engendro que días antes lo había insultado en el autobús. El agresor también lo reconoció a él y le gritó: «¡judío!, maldito!». Luego le ordenó: «¡te sales de este vagón, o te mato a patadas!». Entonces, dirigiéndose a los demás les dijo que ellos también debían bajarse, si es que no quería que los pateara a ellos también. En el momento o que el tren se detuvo en la siguiente estación, la gente salió en estampida. El Filántropo estuvo tentado a matarlo ahí mismo, agarrándolo por el cuello. Pero lo pensó y decidió que allí, en medio de tanta gente, hubiera sido una declaración pública de cómo había que eliminar a esas alimañas sociales. El Filántropo fue el último en decidirse a abandonar el tren, y eso le costó caro. Cuando cruzaba el umbral de la puerta, su agresor le propinó una patada en el espinazo, que lo dejó sin aliento y por poco lo hace caer en los rieles. Medio a rastras, El Filántropo llegó hasta un asiento y se dejó caer en él. Le costaba respirar. Maldijo en voz baja, tanto por el golpe, como por la indignación de no poder matarlo ahí mismo. En el ajetreo nadie ni se percató del golpe. Ah, cuanto le hubiera gustado terminar con esa plaga social de una vez por todas. Pensó que lo hubiera dejado de tal forma, que lo hubieran podido vender como piltrafa de carne para rellenar longaniza.

Desde su asiento entre lágrimas, El Filántropo lo vio hablando solo. Arrancaba y destrozaba los afiches de publicidad que estaban pegados en las paredes. Les daba puñetazos a las paredes del tren. Y El Filántropo esperaba que no mirara en su dirección. Apenas podía respirar a consecuencia de la patada; si lo agredía una vez más, El Filántropo no hubiera tenido fuerzas para defenderse.

El tren finalmente se marchó con ese terror social dentro, y El Filántropo respiro más calmado. Luego, cuando se sintió a salvo de su verdugo El Filántropo, ya algo más relajado se percató de que tenía sabor a cobre en la boca, posiblemente el resultado de algún sangramiento interno. Dejó pasar dos trenes, un tanto para terminar de recuperarse y otro para no tener la desagradable experiencia de tener que encontrarse con su verdugo una vez más. Cuando se sintió mejor, tomó el tren que lo llevó a la terminar Centro Santa Lucía. Allí se encontró ante un cataclismo de papeles, cristales rotos, anuncios publicitarios desprendidos y jirones de ropas en el suelo. El lugar parecía haber sido impactado por un huracán. Se preguntó en donde estarían los agentes del Orden que no se veían por ninguna parte. Pensó que llegarían en cualquier momento a arrestar a ese loco destructor y se dijo que en lugar de pegarle una multa le deberían pegar un tiro a ese extracto de agua del alcantarilla. Pero volvió y a recodar la inefectividad de la ley. Y recordó que las autoridades en nombre de la libertad y la democracia permiten el vandalismo y la delincuencia. «Este es un gobierno que explota a la gente honrada y apoya a las sanguijuelas sociales»- se dijo.

Una vez más El Filántropo se sentó a descansar, pues después esa colosal patada, aunque podía caminar sin parecer un convaleciente, no estaba de un todo repuesto. Sentía palpitaciones dolorosas en los riñones y cuando fue al baño vio un chorro rojo en el urinario. Se puso a cantar para engañar los cuchillos que lo estaban destrozando por dentro. Subió a la superficie, y le fue fácil saber para donde se dirigía su enemigo, por el sendero de escombros que iba dejando a su paso. Por el bien de la gente de paz y por su salud mental, El Filántropo supo que debía solucionar lo que las autoridades eran incapaces de hacer. Soportando las cuchilladas de la espalda lo siguió a la distancia. Subió por la avenida J.W. B. Extrajo el martillo de la caja. Dobló en la calle Casados. Llegó hasta la zona industrial. Entró por un callejón llamado avenida El portal. En un espacio abierto había múltiples furgones de almacenamiento. Abrió la puerta de dos de ellos, y esperaba encontrarlo allí para mandarlo a la eternidad. Lo buscó un buen rato y no lo pudo encontrar. ¿Dónde te habrás metido hijo de la chingada? Luego lo pensó mejor y decidió que regresaría otro día cuando de la pada solo le quedara un doloroso recuerdo.

La noche siguiente El Filántropo salió con Capitán. Y como atraído por el magnetismo de la justicia, sus pasos lo regresaron a buscar entre los furgones una vez más. El Filántropo era incapaz de matar una mosca delante de Capitán. Sabía que los perros al igual que los niños son creaturas nobles y tiernas a los que no hay que empañarles la inocencia con acciones humanas violentas, por justas que sean. Por eso, lo ató a un arbusto no muy lejos de donde sospechaba que estaba su próxima víctima.

El Filántropo llegó frente al furgón en donde debía estar el chamaco. Era uno que no tenía la puerta cerrada por fuera. Llevaba una vez más en la mano el martillo con que pensaba descalabrarlo a golpes. Con fuerza, golpeó: uno, dos. tres, cuatro, cinco veces. Y de inmediato escuchó que dentro alguien maldecía al mal parido que estaba golpeando la puerta. Luego escuchó sus pasos que se acercaban. Su víctima abrió la puerta de par en par y se disponía a ladrar otro rosario de improperios por haberlo molestado, pero al ver al Filántropo con el martillo en la mano, dejó la palabra en suspenso. Y dijo sorprendido: «¡el Judío!». El Filántropo le respondió: «¡Shalom!» que, según él, en Hebreo, significaba: «te jodiste, maldito, desgraciado, cabrón, hijueputa del diablo, me cago en tu maldita madre y meo los huesos de todos tus asquerosos antepasados hasta el eslabón más remoto de tu puto ancestro. Ahora te voy a decir de donde es que son los cantantes y quien de los dos es el más chingón». Bueno, quizás El Filántropo no le dijo exactamente eso, pero esa fue la intención cuando le dijo «¡Shalom!» Acto seguido, lo picó en la frente con el martillo. Y como no se resignaba a morirse rápidamente, El Filántropo lo apretó por el cuello y se lo retorció como a una vieja gallina, hasta que lo sintió languidecer.

Apestaba a la ñema de un loco. El Filántropo hubiera deseado empujarlo hasta su caja de metal y acostarlo en su nido de desperdicios. Procedería cerrando el vagón con candado por fuera, para que el calor del verano lo cocinara a fuego lento. Pero el olor de la putrefacción hubiera delatado su obra humanitaria y los investigadores pronto encontrarían pistas que los guiarían a descubrir a ese artífice y benefactor de la paz llamado El Filántropo. A él no le interesaba hacer alarde del trabajo que hacía. No quería tampoco dejar huellas. No deseaba que la

Policía, esa pandilla de asaltantes con licencia para matar, a los que él detestaba en demasía, lo confundieran con un delincuente sin destino ni escrúpulos, de esos que andan quitando de en medio al primero que se le ponga en frente. Eso hubiera creado el pánico entre la gente decente que él tanto respetaba; mucho menos quería ser atrapado por esos borregos uniformados.

El Filántropo opinaba que los ignorantes temen al buitre y piensa que es un ave rastrera e innecesaria. Pero se engañan. Si no hubieran buitres, las podredumbres causarían epidemias que pondrían en peligro las vidas de otros animales. De esa misma forma, el que ignora los daños que causan las carroñas sociales, desconoce la necesidad de un justiciero anónimo que obre al margen de la Ley. No es lo mismo a ley que la justicia. Aun cuando se obra en nombre de la Justicia, hay que tener una visión clara de lo que es el bien. A diario, en nombre de la ley y la democracia mueren miles de inocentes y esa misma «justicia» pone en libertad a convictos, matones y esbirros. Una cosa es la justicia que defiende Superman y otra muy distinta es luchar por una sociedad en donde todos y cada uno tengan acceso a los mismos derechos. El Filántropo ambicionaba ver una sociedad en donde los servicios sociales no estén condicionados al precio que pueda pagar el mejor postor, y en donde la Ley no sea la maldición de que aquellos que puedan comprarla.

Me contó El Filántropo que le costaba mucho ser discreto, porque la lucha por el bien común no se hace por caridad, ni esperando una recompensa. Hay que invertir bastante tiempo y dinero, para mantener el anonimato y la apariencia. Decía que ocultar un cadáver, por ejemplo, es un fastidio. Si uno lo deja a la intemperie, se hace identificar debido al mal olor que genera. Si lo entierras, los perros y los coyotes lo descubren y lo sacan a la superficie. Si lo echas al mar, las olas y las mareas se encargan de regresarlo a la orilla, de la misma forma que la ballena sacó a Jonás. La solución más segura para hacerlos desaparecer, parecería ser la incineración. «Aquí hasta contribuyes a hacer posible la profecía bíblica que indica que de las cenizas venimos y a las cenizas volveremos. Ah, ¿no?, ¿no es así?, ¿es del polvo somos y al polvo volveremos? Bueno, la idea es la misma. Es que quería saber qué tanto conocía usted esa obra de ficción llamada la Biblia»- me dijo él a punto de echarse a reír.

«En cualquier caso -continuó él contándome- la incineración conlleva a problemas. Si haces una quemazón en medio del día o de la noche, eso llama más la atención que una alarma de los bomberos a las cuatro de la mañana. Si tratas de ocultar el fuego y lo haces, digamos, en medio del bosque, existe el riesgo de que lo vean desde la distancia o que se salga fuera de control. Se perderían miles de vidas silvestres y lo que debió ser un fueguito sin importancia, se puede convertir en un crimen de estado para ser contado como suceso nacional. O sea, que la solución más segura no es siempre la más factible». La segunda opción más segura para desaparecer un cadáver era la que últimamente practicaba. Consistía en amarrarle al cadáver un bloque de cemento en el cogote, otro en la cintura y lo envías a alimentar los peces».

A El Filántropo nunca le molestó saber que nadie o que casi nadie comprendiera su trabajo. Una vez me dijo: «es mejor así. Que no sepa la mano izquierda lo que hace la derecha». No quería que sus vecinos ni la comunidad se enteraran de lo que hacía mientras fingía ser un alma de Dios. Decía que es mejor que la gente piense que todo está de maravillas, que la criminalidad va en descenso, que la población se está disminuyendo sola, que el mundo está lleno de buenas personas. Que crean y les infundan a sus hijos que en el cielo hay mucho más azul que nubes negras y que el universo continúa su curso normal». En cuanto a lo difícil de su ocupación, me dijo: «sólo los maestros de escuelas públicas trabajan así de fuerte. Sólo ellos y los justicieros del bien deberían ser dignos de subir al cielo. Trabajan como bestias. Es una lástima que el cielo no exista» -me dijo él en medio de una carcajada. Pero luego su voz se le tiñó de nostalgia y dejó de reír.

¿Cómo llegué hasta aquí?

¿Qué le estaba contando?

Ah sí, ya recuerdo.

Cuando me desvié de la conversación, le estaba contando que El Filántropo eliminó a ese desperdicio social que vivía en el furgón y salió a buscar su auto y a Capitán. Sujetó al perro por la correa y se lo llevó cargado, pues Capitán daba tres pasos, levantaba una pata y marcaba el lugar por donde iba pasando. Tres pasos más, olfateaba el poste más cercano y volvía levantar la pata. Una noche como esa no era para estar dejando rastros de ADN por donde quiera. El Filántropo no tenía tiempo, ni paciencia para complacer los caprichos de su amigo.

Cuando regresó al furgón en donde estaba el cuerpo de su víctima más reciente, El Filántropo se quitó una de sus medias y se la colocó a Capitán en la cabeza. No quería que lo viera en acción. Lo dejó en el auto tratando de quitársela. Corrió a buscar el cuerpo, lo cargó y lo acomodó en el asiento del pasajero. Cuando luego de minutos luchando por liberarse, Capitán logró sacarse el antifaz, ya para entonces El Filántropo había acostado el cuerpo en el asiento delantero. Ese desgraciado aún no se había podrido y ya apestaba a aliento de monje acabado de levantar.

El Filántropo debió bajar los cristales para que entrara aire fresco, Cubrió el cuerpo con la vieja frazada. Pero a diferencia de otras víctimas, lo cubrió por completo, pues se había excedido con los golpes que le dio; no le dejó un lugar en la cabeza que no hubiera estado más maltrato que un piso de tierra después de un baile con tacones.

Capitán sospechaba. Como siempre, sabía que a su amo se le había ido la mano haciendo justicia, estaba nervioso. Miraba a su amo y parecía preguntarle: ¿Por qué? ¿Por qué? ¿Por qué otra vez Amo? ¿Por qué continúas transitando con muertos en el carro? Se acostaba sobre las piernas del Filántropo temblando de miedo. Para que se calmara Bertilio le acariciaba la cabeza y le cantaba;

«Para decidir si sigo poniendo esta sangre en tierra.
Este corazón que ve de su parte, sol y tinieblas.
Para continuar caminando al sol por estos desiertos.
Para recalcar que estoy vivo y en medio de tantos muertos.
Para decidir, para continuar, para recalcar y considerar
sólo me hace falta que estés aquí con tus ojos claros…».

El Filántropo guio en dirección al condado Bronco. Atravesó el puente Piedra Blanca. No usó el pago de peaje automático, prefería pagar en efectivo, de esa forma no dejaba constancia de donde estaba ni para donde se dirigía. Sin embargo, sabía que eso conllevaba otros riesgos que podían poner en peligro su trabajo. El tipo que cobraba el peaje del puente podía notar algo raro, por suerte nada de eso ocurrió.

Su oficio de plomero le ofrecía beneficios impensables a la filantropía. La plomería es un trabajo bien pagado. Le proporcionaba además autonomía, y le permitía transitar con un arsenal de armas peligrosas a plena luz del día. Los asesinos comunes, por lo general, se ven obligados a ocultar sus armas. Si alguien, por ejemplo, es descubierto, digamos con un cuchillo, navajas, guantes, cinta adhesiva, cuerdas y un frasco con metanol, o formol, ese alguien se vería en un gran aprieto tratando de justificar dicho cargamento. Un fontanero por el contrario, puede tener todos esos trastes y veinte mil cosas más en su caja de herramientas y a nadie se le ocurre pensar que el caballo anda con un arsenal encima y puede ser un tipo peligroso.

El cadáver que El Filántropo llevaba en su carro apestaba tan mal, que podrido hubiera olido mejor. Si ese tipo hubiera sido un personaje de la biblia, posiblemente lo hubieran llamado Gedeón.

Con el cuerpo agarrotado acostado en el asiento del pasajero El Filántropo tomó la autopista Transparente Norte, con destino al condado Bronco. Cruzó el puente Piedra Blanca con dirección al parque El Edén Verde. Luego tomó, la autopista alcalde Dylan, dirección Norte, y minutos más tarde llegó para donde iba.

Entró al parque, estacionó el auto frente a una cabaña, cerca del lago. Había un camino de tierra que llegaba hasta el agua. Él había estado allí días antes y el lugar le pareció perfecto para deshacerse de otro cadáver. Vio una malla metálica que impedía el paso al lago, pero descubrió una brecha recién abierta, obra de algún pescador del área, y se dijo: «nadie sabe para quién trabaja». Se bajó del auto y caminó por los alrededores para asegurarse de que el área estaba despejada. Tendría que cargar el cargamento hasta el boquete en la malla. Primero llevó dos bloques de cemento y los dejó en la orilla. Luego procedió a sacar del baúl una vara de pescar. Volvió a colocarle la media en la cabeza a Capitán y éste le gruñó y le sacó los dientes, pero eso no le sirvió para evitar que le cubriera la cabeza una vez más. Por la puerta del pasajero sacó el cuerpo agarrotado. Dejó su perro encerrado en el auto, luchando por quitarse el antifaz.

«¡Joder! - se dijo, ¿Por qué diablos los muertos tienen que pesar tanto?».

Arrastró el cuerpo cuesta abajo. Dejó la vara de pescar en la orilla y le ató el bloque de cemento. Ahora, en el agua, el compadre pesaba mucho menos. Caminó con él hasta un punto en donde la profundidad era tal, que el agua le llegaba hasta al cuello. Dejó descender el cuerpo y se marchó, entre caminando y nadando y deseándoles buen provecho a los peces y a las tortugas del lago.

Volvió a la orilla ensopado. Tomó la vara en la mano, como quien ha terminado de pescar. Si alguien lo hubiera visto a esa hora y enchumbado como estaba, no hubiera sospechado nada extraño. No hubiera sido necesario decir que la línea del anzuelo se le había quedado atascada en una piedra dentro del lago, y había tenido que meterse a desengancharla. Solo verlo chorreando el agua hubiera sido explicación bastante contundente. Un novato en su lugar de todas formas hubiera contribuido con una explicación adicional. Los victimarios aún cuando nadie sospecha de ellos, sienten la necesidad ofrecer explicaciones que los defienda. Pero no El Filántropo. Él era sereno, callado y profundo como las aguas peligrosas. Cuando volvió al auto, ayudó a Capitán que aún continuaba luchando por liberarse.

Como siempre que eliminaba a una alimaña social, El Filántropo se sentía feliz. Tanto era su regocijo que le dio por recordar los tiempos del seminario, cuando le gustaba escuchar las voces graves de los religiosos cantando en la nave principal de la iglesia. El eco en esa capilla tenía una resonancia de ópera.

«No has buscado ni a sabios ni a riiiiiiicooooos
tan sólo quieeeereees que yo te siiiigaaaaa…».

Inspirado por ese recuerdo, entró al auto cantando como un degenerado. Capitán lo miraba como diciendo: «mi amo está más chiflado que una cabra». El Filántropo casi podía escucharlo diciendole: «maldito loco, vámonos de aquí antes de que llegue la Policía te atrape y te encierren en un cepo y a mi me lleven a un refugió para perros en donde podría ser violado por un san Bernardo cachondo». El Filántropo trató de abrazar a su perro pero éste lo rechazó. Un par de millas después, continuaba con ese canto en la cabeza. Salió de la autopista, se detuvo en el estacionamiento de un restaurante y se cambió el uniforme mojado. Siempre tenía una muda limpia en el baúl. Volvieron a casa cerca de las tres de la mañana.

OCTAVO CAPÍTULO

||||||||||||||||||||||||||||||||||||||||||||||||||||||||||||||||||||||||||||||||||

Días habían pasado de haber eliminado al desquiciado del transporte público. El Filántropo pensó que las lacras sociales habían disminuido. Pensó que por fin se tomaría un descanso. Nadie sabe los esfuerzos y los recursos que se requieren para matar a alguien sin que la gente se dé cuenta.

El equipo de futbol de la escuela intermedia Francis Drake estaba atravesando por una mala racha. En la temporada que había terminado de concluir, el equipo había perdido ocho de los diez juegos. El director de la escuela, asesorado por un comité de padres, acudió al joven Bertlio Suárez para que entrenara y ayudara al equipo a recuperar la técnica, agilidad y resistencia que por alguna razón había perdido. Los padres le habían contado al director que el carismático y polifacético joven era un excelente entrenador, y hasta se rumoraba que había sido el medio campista del FC Barcelona pero no había podido continuar jugando por una fractura en la canilla derecha.

El día del primer entrenamiento, EL Filántropo llegó quince minutos antes. Cuando el equipo llegó, él ya había marcado el terreno con conos de colores. Era la primera vez que se reunían y El Filántropo decidió que era pertinente informarles a los padres y a los niños cuáles eran sus exigencias como entrenador. Los niños hubieran preferido irse a jugar con Capitán, que estaba no muy lejos de allí correteando a las ardillas. Pero una mirada del Filántropo fue suficiente para que desistieran de la tentativa de escabullirse. El exigía de los padres, ante todo, un apoyo del cien por ciento para que sus exigencias fueran implementadas aún cuando él no estuviera presente. El que no estuviera de acuerdo se podía ir a buscar a otro entrenador. Estas fueron algunas de sus exigencias: puntualidad, estaba prohibido escupir, tirar basura o profanar el terreno de juego. Ni por ocurrencia permitiría que los jugadores usaran sus teléfonos, computadoras o sus juegos electrónicos, en el terreno de juego. No a las bebidas azucaradas. No importaba que estas indicaran que eran bebidas deportivas. Sólo estaba permitido tomar agua. Decía que el agua es la más pura y más vigorizante de todas las bebidas. «Para rendir al máximo, había que alimentarse bien cien por ciento». No les permitiría hacer comentarios negativos contra sus compañeros, ni contra otros deportistas. Los exhortaba a cultivar la cortesía, la solidaridad, el humanismo, el respeto a los demás, y un rotundo no a la violencia, que tanto daño estaba causando en la sociedad. Estos eran valores que debían poner en práctica las veinticuatro horas del día. Y mirando a los jugadores a los ojos, les recordó que para ser un gran atleta primero había que ser un gran ser humano.

Los padres se retiraron y la práctica comenzó de inmediato. Fue entonces cuando un auto con los cristales bajos y con un ruido ensordecedor, se detuvo frente al terreno de juego. Bertilio tenía que hablar a gritos para poder ser escuchado. El escándalo era insoportable, pero él se había dicho: «debo tomarlo con calma. No debo agitarme por cualquier cosa. Debo ser un vivo ejemplo de lo que les predico a estos niños». Y esperó a que el ruido pasará pronto, pero ese no fue el caso. El escándalo persistía y el responsable por ese cataclismo sonoro no tenía planes de terminarlo. Para que la situación se tornara en una ofrenda al ridículo, Bertilio observó que dentro del auto, el conductor hablaba a gritos por su teléfono móvil. Capitán, que ahora estaba atado, trataba de romper la correa y salir corriendo, espantado por el alboroto. El ruido era tal, que si en la próxima cuadra hubieran lanzado una bomba atómica, ellos no hubieran escuchado la detonación. Inicialmente, Bertilio miró en dirección al auto y abrió los brazos de par en par, y esperaba que el conductor observara su desespero y se compadeciera. De eso nada. El tipo ni miraba en su dirección. A Bertlio pronto se le agotó la paciencia. Instruyó a los niños para que continuaran trotando mientras regresaba.

Con una mirada de fuego Bertilio se plantó frente al auto, cruzado de brazos, observando al responsable de esa tragedia auditiva. Su mirada diabólica tampoco causó el resultado esperado. Entonces con los nudillos, como quien toca una puerta, golpeó el cristal. Y dijo: «¡jei! ¡jei!, amigo, ¿le puedes bajar el volumen a la música?». Eso era una forma de decir, pues llamar a ese pleito de perros música, era un atropello a la verdad. El dueño del auto lo ignoró una vez más. Entonces Betilio le dio un manotazo al capot y le gritó: «¡no me puedo comunicar con mis muchachos, baja el volumen!». Cuando el hombre por fin bajó el volumen, los oídos a Bertilio le pitaban, como si hubiera salido de una discoteca. El tipo del auto con un gesto digno de un verdugo a su víctima, le preguntó que qué diablos quería. Bertilio, humildemente le informó que estaba tratando de entrenar al equipo, pero que la música no le permitía concentrarse, que por favor si le podía bajar un poco el volumen. El títere hizo un gesto de incredulidad y le dejó saber que él estaba en la calle, y que, por tal razón, estaba libre de hacer lo que se le antojara o le diera su maldita gana. Le dijo: «loco, tú tá pasao. En este momento lo que yo quiero es escuchar mi maldita música ¿ok?». Acto seguido, salió del auto con ánimo de agresión. Procedió a remangarse las mangas de la camisa e hizo ademanes de pelear. Bertilio no movió un músculo. Pero su adversario, por el contrario, daba saltitos de boxeador y sólo quería pelear. Al ver que Bertilio no se animaba a la acción, le agitó una mano en la cara y le preguntó: «¿Tú quieres hacer algo, león?, ¿León, quieres apagar la música? Te desafío a que la apagues». Bertilio bajó la mirada derrotado. Contó hasta diez, y luego volvió a contar hasta veinte. Como un cable de alta tensión, esperó en suspenso por si le lanzaban la primera piedra o mejor dicho, la primera pescozada.

Con calma, pero sin poder evitar que le temblaran las manos, las levantó ante su agresor, en señal de resignación. Le dejó saber que se rendía, que lo disculpara por haberlo importunado. Al verlo derrotado, su agresor se tornó aún más amenazante. Le mostró un puño a la altura de la cara y le dijo hasta lo indecible. Humillado ante sus discípulos, Bertilio volvió a ellos con el corazón agitado y sudando profusamente. Ellos habían escuchado y visto la escena, y lo miraban esperando una explicación. Él no la ofreció.

Berilio les informó a los niños que continuarían el entrenamiento trotando en la acera y así lo hicieron. Uno de los niños extrajo una banana de su mochila y él pensó decirle que aún no era el tiempo del descanso. Pero se abstuvo de decir nada y lo observó. Cuando pasaron trotando cerca del auto, el niño le introdujo la banana en el tubo de escape del auto. Fingió no verlo, pero al ver a ese retoño de vengador, pensó que en el futuro definidamente aguarda la esperanza de la humanidad. Debió hacer un gran esfuerzo para no soltar una sonora carcajada. Esbozó una sonrisa y se preguntó en donde diablos ese niño había aprendido ese truco de maleantes. Luego recordó haber visto algo parecido en la película <u>Los policías de</u>

Beverly Hills. Se dijo que, en lugar de una banana en el tubo de escape de ese auto, a él le hubiera gustado echarle un puñado de arena por el hueco de la gasolina y luego con ese mismo puño sucio de arena, darle un puñetazo en los dientes a ese mal nacido escandaloso. Pero claro, él era incapaz de matar una mosca delante de los niños. Debía ser un buen ejemplo o, por lo menos, aparentar serlo. Y se dijo «todo a su debido tiempo». Al pasar, leyó el número de la placa del auto. Se lo memorizó. Dieron unas cinco vueltas a la cuadra y las cinco veces releía la chapa: DSL4965Z.

Media hora después terminaron. El tipo del auto por fin apagó la radio. El Filántropo lo vio bajarse de él y levantarle el capot. Lo revisó por todas partes pero el auto no arrancaba. Para su regocijo, y el no tan fingido de sus pupilos, escucharon al chofer del auto maldecir en voz alta. Se halaba los pelos de frustración, al no poder descubrir porqué el auto no arrancaba. El responsable por ese desmadre jugaba con el Capitán mientras esperaba que sus padres volvieran por él. Bertilio sintió el orgullo inflársele en el pecho, y pensó en eso de hacer lo correcto, aun cuando nadie se entere del gesto.

Esa noche en cuanto oscureció, Bertilio Suárez, sacó a caminar a Capitán. Frente al edificio en donde vivía, tuvo que cargarlo y abrirse paso entre un Dálmata, dos Viralatas y un Galgo que querían morderlo. Ahora Bertilio Suárez, el humilde entrenador incapaz de matar una mosca, se había transformado en El Filántropo, un hombre tierno con los niños, generoso con los necesitados, galante con las mujeres, e hijo de la granputamente implacable con los malvados. Si, así era El Filántropo, una adoración de hombre de sonrisa fácil, pero si alguien lo hacía enculillar, se le atravesaban los mojones y era capaz de degollarlo y beberse su sangre en una bota brindando por su muerte. El era una versión latina de El doctor Jekyll y

El señor Hyde, el tipo de conducta refinada, algo romántico, calculador, que a la misma vez sentía una colosal antipatía por los tipos mal educados. No lo pensaba dos veces para quitar del medio a los hongos sociales, y luego hasta les hubiera meado en la cara al cadáver de no ser porque se cuidaba en no dejar pistas de ADN.

Esa noche El Filántropo llevaba con él una bolsa plástica medio llena de arena. Pasó por el terreno de juego para confirmar que el auto continuaba en el mismo lugar. Así era. No se lo habían llevado todavía. Le sacó la banana del tubo de escape. Luego, le removió la tapa de la gasolina, y por el hoyo del combustible le vació una libra de arena. Volvió a cerrar el tanque y se aseguró de limpiar sus huellas dactilares. Siguió su camino conversando con su perro, como si nada hubiera hecho.

NOVENO CAPÍTULO

||||||||||||||||||||||||||||||||||||||||||||||||||||||||||||||||||||||||||||||||||||||

En agosto del 73, cuando la fuerza de seguridad derribó la puerta de su casa, sus hermanos aún dormían. Sabían que buscaban al Partido. Los dos hermanos más jóvenes del Partido terminaron de despertarse cuando los derribaron de la cama. Ellos eran un par de esquincles sin emplumar que sin demostrar que se estaban muriendo del miedo les respondieron a los agresores: «ya estuvieron aquí ayer, ¿ahora qué quieren?». Eso les ganó un par de bofetadas para que no fueran irrespetuosos con las autoridades. Los esbirros del gobierno les preguntaron que en dónde estaba el Partido y que de quiénes eran los libros que no habían visto antes. Sus hermanos les contestaron que los libros eran del Partido y que no sabían dónde él estaba. Cuando se marcharon, los agentes dejaron un desorden de estampida. En la calle, los agentes vieron en las paredes grafitis anunciando: «¡viva el Partido!». Y eso les infundió a ellos más furia para seguir buscándolo.

El verdadero nombre del Partido era Eusebio Hernández. El tenía una gran cicatriz en forma de relámpago que le cruzaba la frente, el vestigio grotesco de un golpe mal curado. De ahí nació lo de su nombre. Ese trofeo se lo había ganado en una riña de aguardiente mucho antes de tener ninguna convicción política.

Cuando finalmente lo atraparon, lo encarcelaron en una celda designada para los enemigos del gobierno.

La Izquierda se llamaba Maria Petronila Sosa y era ambidiestra. Ella era también la amante del Partido. Era entonces el verano del año 1973, la época más difícil que le había tocado vivir a la izquierda de Chile. A la Izquierda también, la encerraron, pero ella no tuvo la suerte del Partido. A ella la fusilaron y arrojaron su cuerpo a la calle.

El Partido soportó los choques eléctricos de una picana y no delató a sus compañeros. No pudieron hacerlo hablar. «No hay tiempo para perderlo con esa sabandija comunista». -le dijo el jefe de los policías al torturador, cansado de atormentarlo. Acordaron lincharlo al amanecer. Pero a pesar de su mala racha, apenas horas después la suerte se inclinaría a favor del Partido. La mañana de su ejecución coincidió con la denuncia del ajusticiamiento a Victor Jara y sus verdugos decidieron diferir su final para cuando todo se calmara. Pero nada se calmó. Eran tantos los candidatos a morir y tantas las denuncias, que debieron continuar postergando la muerte del Partido hasta que se cansaron de tanto aplazamiento y se olvidaron de él.

Sólo los familiares y los amigos más cercanos conocieron a ciencia cierta el verdadero nombre del Partido. Cuando El Filántropo lo conoció mucho tiempo después en esta ciudad, decía llamarse Silverio Zapata. Sus conocidos continuaron llamándolo el Partido. El Partido ahora está jubilado del departamento de vehículos de motor de esta ciudad. El Filántropo lo conoció en una fiesta con motivo del Día de la Independencia. Al Partido no le gustaba hablar del pasado, y El Filántropo aparentaba desconocer el suplicio que había padecido en las cárceles chilenas.

La noche que se conocieron, se pasaron de tragos e intercambiaron sus números telefónicos. A propósito de su experiencia en el departamento de vehículos de motor, El

Filántropo le contó que una vez que lo multaron y lo acusaron por exceso de velocidad, el patrullero había mentido ante el juez para así justificar la multa. El partido, por su parte, le contó sobre las patrañas que a diario el departamento debía inventar para ocultar la ineficacia de sus empleados. Esa noche nació entre ellos una amistad que solo la intransigencia de la muerte pudo interrumpir. Aunque ninguno de los dos llegó a confesarlo abiertamente, ambos fueron conscientes de que secretamente, cada cual actuaba motivado por razones internas inconfesables.

El Partido y El Filántropo dos personajes extraños. El destino provocó que se encontraran, como dos barcos que en la inmensidad del océano se ven pasar. Rara vez se veían y se comunicaban por mensajes de texto. El Partido le facilitaba informaciones confidenciales sobre personas que hubieran tenido vehículos de motor registrados en esta ciudad, en los últimos cincuenta años. A cambio de ese servicio, Bertilio cada quince días le enviaba un sobre que el Partido abría esbozando una sonrisa. La comunicación entre ellos era corta y concisa. Iban directamente al grano.

La noche luego de su encuentro con el elemento ese que le entorpeció el entrenamiento, Bertilio le envió un mensaje de texto al Partido que decía: «necesito domicilio del dueño de auto con chapa de identidad: DSL4965Z. El Partido le contestó; «🚽» El Filántropo, inicialmente pensó que el hombre en ese momento estaba ocupado, o lo estaba exhortando a que enviara todo a la mierda. Confundido, El Filántropo esperó por una respuesta más precisa.

La respuesta esperada llegó una media hora más tarde. Decía: «41-03 de la calle diez, barrio de Los Piratas». De inmediato, El Filántropo se puso a organizar sus herramientas de trabajo. Tenía que hacerle la visita a ese fulano escandaloso cuanto antes mejor. Consideraba que la gente ruidosa era un estorbo para el espíritu y engendra tempestades de insensateces. El Filántropo planeó visitarlo esa misma noche. No le importaba si su adversario ya se había olvidado de ese incidente. Sabía que los rufianes son así. Con su forma de ser, son capaces de provocar desastres, pero luego se lavan las manos y cinco minutos después al ver el despelote que originaron, no tienen ni idea de lo que ocurre. Pero Bertilio era de los que no olvidaba, ni perdonaba. Decía que no olvidaba, porque para él recordar era vivir y no perdonaba porque había escuchado por ahí que perdonar es un don divino y él no era Diosy además Dios no existe.

El Filántropo se puso su uniforme de trabajo y salió con Capitán. Faltaba un cuarto para las doce de la media noche cuando estacionó el auto a una cuadra del 41-03 de la calle diez. Vio frente al edificio de tres pisos una remolcadora y colgada de ella, un auto que reconoció al instante. Llegó frente al edificio escuchando al ángel de su alegría riéndole en los oídos y cantándole una canción de Israel Cachao López que decía: « ahora si, ahora me toca a mi». Entró al edificio, subió al segundo piso y llegó frente a la puerta #2C. Llevaba en la mano izquierda su caja de herramientas y en la derecha, una llave inglesa con la que pensaba darle el primer yaguaso en la cabeza. Luego lo remataría a martillazos. Tocó el timbre y se preparó para el asalto. Escuchó pasos que se acercaban, y se preparó para darle el golpe inicial. Pensaba decirle un sorpresivo: «vine a romperte la madre, hijueputa», pero en lugar de eso, cuando la puerta se abrió por completo dijo con muy buenos modales: «vine a arreglarle la llave al hijo de Julia». Sucedió, que al momento de levantar la mano, se percató que habían más de cinco tipos en la sala jugando barajas. Si lo hubiera atacado en ese momento, sus compañeros le hubieran caído encima y hubieran hecho fiesta con él. Y quién sabe si hasta hubieran hecho una sopa de cojones de Filántropo.

Así que El Filántropo debió dejar la acción planeada en puntos suspensivos. En el brazo que tenía en el aire, listo para golpear, fingió tener un calambre. Y rogó en silencio para que no lo reconociera. El que abrió la puerta, se volvió a sus compañeros y les preguntó: «¿Alguien es hijo de una tal Julia? ¿Quién de ustedes llamó a un plomero?». Todos negaron con la cabeza. Entonces, El Filántropo se disculpó por el «equívoco» y se alejó enseguida antes de ser reconocido.

El Filántropo bajó la escalera dos peldaños a la vez, con el corazón en la boca y escuchando al ángel del cinismo muerto de la risa y preguntándole: ¿Qué pasó, Pedro Navaja? Y cantándole:

«por la esquina del viejo barrio lo vi pasar,
con el tumbao que llevan los guapos al caminar...».

Capitán lo esperaba en el auto, moviendo la cola y feliz de verlo llegar tan pronto. Posiblemente el perro estaba doblemente contento porque su amo además no regresaba con uno de esos pasajeros tiesos. Luego se percató que El Filántropo estaba de mal humor y dejó de olisquearlo. El Filántropo se quedó un buen rato sentado en el auto, rumiando de rabia, mirando las luces lejanas, escuchando el eco de voces y sirenas que llegaban del corazón de la ciudad al otro lado del rio. Sentía que la sangre le hervía por dentro al pensar lo cerca que estuvo de darle su merecido a esa escoria social. Revivía en su mente el momento cuando le había dicho que no se le antojaba bajarle el volumen a la música y hasta le agitó una mano a la altura de la cara, preguntándole a El Filántropo, si quería hacer algo al respecto. «Qué osadía la de ese imbécil»- se decía. Ahora, se imaginaba que lo agarraba por el cuello de la camisa, lo sacaba a arrastras del auto. Lo estrellaba contra el pavimento. Lo levantaba por los aires y lo lanzaba contra el piso unas diez veces más. Y en esa recreación mental, lo dejaba en tal condición, que hasta a los doctores les hubiera dado asco tocarlo. Sin embargo, imaginarse que lo descuartizaba, no era suficiente para calmar el coraje que llevaba dentro. Se había salvado, de milagro, pero su suerte no le duraría. El Filántropo se había propuesto eliminarlo y no estaría en paz hasta lograrlo.

Antiguamente, al mástil de un barco se le llamaban la verga. En la parte más alta de la verga, se construía un sitio de observación al que llamaban el carajo. El capitán del barco debía enviar a un miembro de la tripulación para que desde allí divisara la distancia y pudiera informar sobre la aproximación de barcos enemigos o la llegada a los puertos. El marinero designado a estar allí se exponía al sol, la lluvia y a la brisa fría y era propenso a marearse y caerse. Nadie quería que lo enviaran para el carajo. Pero cuando un marinero cometía una falta, o desempeñaba mal la función que se le había asignado, el capitán lo castigaba enviándolo allí. Debido a lo incómodo, y al inconveniente de subir y bajar, los marineros se vomitaban, orinaban y hacían todas sus necesidades en ese puesto de observación. Y, por tal razón, el carajo no olía precisamente a fragancia de Chanel.

En su auto hinchado de ira en ese momento, El Filántropo sólo deseaba encontrar la oportunidad de darle un buen vergazo y enviar al carajo al bribón ese que lo humilló frente a los niños. Y no pensaba en darle con el mástil de un velero, ni de enviarlo a observar el mar desde la parte alta de un barco. No, no, el hombre deseaba con una ambición loca darle un fulminante golpe en la cabeza y mandarlo a poblar el reino del dios Hades.

El Filántropo salió del auto y sacó a Capitán a caminar. Su verdadera intención era estudiar mejor los alrededores y revaluar la situación. Sabía que mientras mejor se conoce el terreno del enemigo, más fácil es dominarlo. Pasó frente al edificio mirando a la acera opuesta. No era su intención darse a conocer. Dos tipos hicieron un rápido intercambio y El Filántropo fingió no darse cuenta de lo que ocurría o que le importara

El Filántropo regresó al auto. Tomó la caja de las herramientas una vez más y caminó en dirección al edificio. Quien lo hubiera visto, hubiera pensado que era un simple fontanero llamado de urgencia. Subió las escaleras nuevamente y se detuvo frente al apartamento, fingiendo amarrarse los zapatos. No escuchó voces en el apartamento ni había movimiento de gente. La puerta tenía cuatro cerraduras. Lo que significaba que para poder entrar tendría que tocar y ahora que estaba solo, seguramente el dueño de casa abriría con una pistola en la mano. Pegando el oído en la puerta escuchó un instante más. El televisor estaba encendido.

Volvió a la calle. En la parte trasera del edificio había algunos arbustos que lo protegían de la vista de los transeúntes. La gente por lo general cierra bien las puertas, pero se olvidan de asegurar las ventanas. Subió por la escalera de incendio. Un simple empujón hacia arriba, y al primer intento la ventana cedió. Se deslizó por ella y se encontró en una habitación que estaba a oscuras. Escuchó a una mujer gritando de placer en el televisor. Por la ranura de la puerta vio a su adversario frente a la pantalla y lo reconoció. Era él, sin la menor duda. Se había quedado dormido mirando una película pornográfica. El Filántropo examinó el resto del apartamento para cerciorarse de que el tipo estaba solo y lo estaba.

El Filántropo extrajo de la caja de las herramientas un pedazo de tubo metálico de una pulgada de grosor por un pie de largo. Se acercó por detrás y le colocó un extremo del tubo en la sien y le dijo: «¡Despiértate Tarzán, pero no te agites mucho, ni produzcas uno de esos gritos que echas cuando viajas colgando de un bejuco. ¡Cuidadito, o te envió de una vez al infierno de un balazo!. Le apretó el tubo con más fuerza. Con el brazo izquierdo, lo sostuvo por el cuello, como si lo hubiera querido ahorcar. ¡Oh, la venganza es tan deliciosamente dulce! Le propinó un rodillazo en la espalda y un codazo en las costillas.

Le dijo: ya nos conocemos, pero permíteme presentarme una vez más. Soy el entrenador de futbol al que amenazaste, ¿te acuerdas? Me arruinaste la práctica con esa música endiablada que escuchas. A propósito, ese pedo de ciclón que oyes, no lo llames música. Ayer me preguntaste si yo quería hacer algo para evitar ese desmadre de escándalo que tú escuchas. Aquí estoy, vine a hacer algo. León, ahora te vine explicar cómo es que se hacen las maracas -Le apretó el tubo, aún más. Antes de que te despache para el infierno, dime ¿dónde está el dinero y el material?» El hombre le contestó, que no tenía una puta idea de lo que le estaba diciendo. Acto seguido El Filántropo, le propinó un cocotazo en la cabeza con el tubo y le gritó, «¡Dime, cabrón, donde está o te quiebro ya mismo!». Le ordenó que se pusiera de pie, pero que lo hiciera despacito, muy despacito, como la canción de los Panchos, o apretaba el gatillo. Caminaron hasta un extremo de la sala. Y luego de recordarle una vez más que tenía una bala impaciente por atravesarle el cerebro, su víctima confesó que la plata y la coca estaban dentro del sofá-cama. Se detuvieron frente al mueble y había en la pared un espejo que los reflejó a ambos. Ese reflejo echó por tierra la amenaza del Filántropo. El no reaccionó a tiempo, cuando se alejó del espejo. Y cuando su víctima notó que su «pistola» era un tubo, le dio un empujón y se le escapó de las manos. Luego, le encestó un puñetazo en la mandíbula que dejó al Filántropo mirando las estrellas. Como ahora su víctima no tenía a qué temerle, dio dos pasos y extrajo un pistolón de un gavetero. El Filántropo se lanzó sobre él y forcejearon en un cuerpo a cuerpo fiero. El Filántropo sostenía con una mano la pistola y con la otra le lanzaba puñetazos. La mano cedió y la pistola calló al suelo. En la lucha, El Filántropo le localizó la arteria aorta y le apretó el cuello. Luego de segundos que tardaron como años, sintió que su víctima se despabilaba y finalmente, perdió el conocimiento.

Entonces El Filántropo lo sentó en una silla. Extrajo de la caja de las herramientas un rollo de cuerda de cabuya y lo ató. A continuación lo amordazó. Ahora que el gran león estaba asegurado e indefenso, El Filántropo abrió el sofá-cama y en efecto el botín estaba allí. «Buen muchacho, no me habló mentira». Se dijo El Filántropo y le dio una tierna bofetada a su cara de malo dormido.

Había una verdadera fortuna en efectivo, Había además una bolsa «siplox» con capacidad para una libra repleta de coca y una lata de 10 oz, de Cremora medio llena de un polvo color crema. El olor grasiento que despedía sugería que no era un ingrediente para el café. En total había coca y heroína suficiente para suplir a otro ejército en otra guerra contra Vietnam. El efectivo era suficiente para crear escuadrones de la muerte y joder a otro país más grande que El Salvador. Había, además, una caja de jeringas, para que los consumidores tuvieran la opción de inyectarse o de sorber el polvo por la nariz. Bertilio depositó todo ese botín en una bolsa de supermercado.

En la cocina, en una cacerola limpia, El Filántropo puso a calentar algo de heroína. Cuando el calor convirtió el estupefaciente en un líquido aceitoso, llenó dos jeringuillas. El rompe huesos continuaba atado y se había despertado. Él, con una mirada de pánico, forcejeó por escaparse. Aunque no con mucha claridad, El Filántropo lo escuchó gritarle algo no muy placentero sobre su mamá. Luego le gritó algo que El Filántropo no entendió. Lo repitió una vez más y entonces lo entendió; le estaba ordenando al Filántropo que le mamara algo y que hiciera otra cosa que era anatómicamente imposible. El Filántropo le respondió a esa petición vaciándole el contenido de una de las jeringas. Él tipo muy pronto se relajó y una leve sonrisa afloró a su rostro. Luego, le inyectó el contenido de la otra jeringa y pronto dejó de reír. Su rostro se endureció, se estremeció, pero la cuerda de cabuya lo mantuvo firmemente atado a la silla. El tipo eructó, tosió y finalmente se calmó. Su mirada se quedó petrificada mirando un lugar en la lejanía. Cuando el chamaco escandaloso por fin se quedó mirando un lugar en otra dimensión, y se quedó más muerto que un muerto, El Filántropo le cantó la canción de Felix de Oleo que dice «se fue, se fue». Procedió a devolver la película en la casetera y se sentó en el sofá a verla. La actriz rapadora estaba un poco gorda, pero el galán tenía una tranca formidable, y le hizo un buen trabajo provocándole un orgasmo fabuloso. El Filántropo le dejó al muerto las agujas clavadas en los brazos y se marchó a casa feliz, como un niño que ha visto una bella función en el circo.

Minutos después, El Filántropo bajó al río y vació el contenido de la droga en la corriente. La noche estaba estrellada. Condujo camino a casa por la autopista William Walker. En la radio Daniel Santos se lamentaba, porque hacía tiempo que no había visto a Linda. Capitán fue a acostarse sobre las piernas del Filántropo y éste le rascó la barriga y la espalda. A seis trillones de millas del planeta tierra, la estrella Sirio, como el ojo de un cíclope, parpadeaba.

Al día siguiente, cuando salió a caminar con Capitán, el plomero Bertilio Suárez entró a un refugió para desamparados y en la caja de la donación depositó todo el efectivo que había encontrado en su último trabajo filantrópico.

DÉCIMO CAPÍTULO

||||||||||||||||||||||||||||||||||||||||||||||||||||||||||||||||||||||||||||||||||||||

Una vez Bertilio pensó tener un hijo, que con el pasar del tiempo tendría hijos que perpetuarían sus genes y su memoria, como un eco en la montaña del tiempo. Las obsesiones de Bertilio siempre fueron pocas y breves. Él sabía que cuando se vive una vida así, como la suya, refugiarse en el amor de una mujer es algo que estaba descartado. Sin embargo, una noche de aguardiente en un prostíbulo se tornó algo sentimental. Una mujer joven y atractiva se sentó a su lado. Siempre que estaba ante una mujer, Bertilio se tornaba algo huraño y era de poco hablar. Quizás fue el alcohol que había injerido esa noche, por lo que Bertilio soltó las amarras de las confidencias. Y no vaciló en dejarle saber que ella lo atraía como una corriente de agua fresca atrae las raíces de un árbol. Y le contó que ambicionaba algún día tener un hijo. Ella le contestó, muy en serio, que con gusto tendría un hijo suyo. La sinceridad de esa mujer lo sorprendió y se le ablandó aún más el corazón. Le regaló todo el dinero que tenía en el bolsillo y se marchó de allí asustado. «Tener un hijo- me dijo- hubiera sido algo maravilloso, pero no con una puta. Ya hay en el mundo demasiado hijos de putas».

Cuando Bertilio conoció a Elisa Romero, la idea del mensajero de sus genes volvió a cruzar por su mente una vez más. ¿Ya les hablé de Elisa? Luego, ella moriría, y El Filántropo dejaría de pensar en eso.

Apenas días habían pasado de haber sacado de sintonía al auto escandaloso y a su dueño, el vendedor de narcóticos, cuando en horas de la media noche Bertilio vio en la contestadora del teléfono la luz de un mensaje. Era de Elisa Romero. Elisa era un encanto de mujer: joven, bonita. amable y coqueta. Tenía un cuerpo que era obvio que ella no comía del menú de un dólar de McDonal's. Qué les puedo decir, ella era un tronco de mujer, con un cuerpo que eso era lo último. Al pasar por las calles, su prodigioso trasero causaba embotellamientos de autos y provocaba que los hombres de edad sintieran añoranzas de juventud. Para peor de males, Elisa había enviudado hacía un par de años. Su esposo se había desbarrancado por un precipicio cuando a gran velocidad guiaba su moto.

Esa primera vez Elisa le solicitó a Bertilio que le reparara la ducha del baño. Y pasaron semanas en que el pobre hombre no se apartó del teléfono esperando que ella volviera a solicitar sus servicios. Soñaba, con un deseo ciego, que volviera a llamarlo. Quería escuchar su voz, volver a verla de cerca, volver a su baño, apreciar sus ropas íntimas secándose en la regadera y tener el privilegio de respirar el aire que ella había respirado.

Ese bombón, llamado Elisa Romero, vivía en el barrio de Los Rosales, no lejos de aquí. Varias fueron las veces que Bertilio soñó con que Elisa le diera, aunque hubiera sido una mirada piadosa, pero de esa ambición, a El Filántropo solo le quedó la pena. Si ella lo llamó en un par de ocasiones, sólo fue por pura necesidad o por eventualidades relacionadas con la profesión de fontanería. Bertilio sabía que Elisa estaba a un nivel muy por encima del suyo. Pero de todas formas, ella lo atraía como la luna atrae al mar y lo desborda. Y así estaba él, desbordado de amor por ella. Pero la verdad, la cruda, real e inapelable verdad fue que la ambición de Bertilio no pasó de ser una ilusión platónica.

Se decía de Bertilio que era un músico virtuoso, una excelencia de plomero, y una alma cándida y piadosa ¡ay, si lo hubieran conocido mejor! Fue así como el eco de ese Midas que hacía maravillas con todo lo que tocaba llegó hasta los oídos de Elisa y fue así como otro día cualquiera ella lo volvió a llamar. Esa segunda vez ella le contó que se recordaba de él y eso hizo muy feliz a Bertilio. Elisa quería que le reparara una cañería averiada. Él se sintió el fontanero más afortunado del mundo. Pensó que esa llamada podía ser el principio de otras llamadas con propósitos de cama. Albergó alguna esperanza y hasta pensó que sólo sería asunto de tiempo, que pronto ella caería rendida en sus brazos. Pero como ya les dije, las aventuras más ardientes, las más bellas que tuvo Bertilio Suárez, sólo ocurrieron en su imaginación. Pronto él comprendió que el motivo de esas llamadas respondía sólo y únicamente a una necesidad de origen profesional y nada más. Hasta esa migaja de felicidad le duró poco a mi amigo El Filántropo.

El día de su esperada visita (para él esa reparación tenía una connotación amorosa) Bertilio se enteró que Elisa se había llevado a un enamorado vivir con ella. «Maldita sea»- se dijo él. Luego sufrió la humillación de verlos felices caminando por la calle tomados de la mano. Bertilio debió beberse el trago amargo de la derrota y sin más remedio tuvo que aceptar su dolorosa realidad.

El novio de Elisa se llamaba Omar, y aún antes del día de tener el «placer» de conocerlo, Bertilio lo odiaba en demasía. En su calvario, tratando de sobrevivir con la espina del desamor atravesada en el corazón, Bertilio se había dicho que debía darle una oportunidad, que posiblemente Omar tenía alguna cualidad buena. Bertilio era incapaz de romper una torta de casabe por asuntos personales, pero vería los límites de su fortaleza flaquear. Los celos simplemente lo estaban matando. El diablo de los celos con insistencia le murmuraba al oído que matara a Omar, que lo hiciera polvo. Bertilio apenas podía exorcizar sus malos pensamientos con dosis de razonamientos y de resignación. Sin embargo, por más que intentó descubrir algo positivo en Omar, éste le resultaba más pesado que un collar de sandías. Y toleraba su presencia como se soporta una paja en el ojo. El simple hecho de verlo, lo enculillaba, le hacía arder la sangre. Para sus fueros internos, Bertilio llamaba a Omar «el cabrón ese». Nunca dejó de odiarlo con un crecido rencor.

El amor a Elisa, por un lado y el odio a Omar por el otro, habían convertido la vida de Bertilio en un verdadero suplicio. Trató de convencerse de que la victoria y la derrota son extremos de un mismo hilo, que debía ser un buen perdedor. Pero el tiempo continuó pasando y Elisa le resultaba cada vez más atractiva, y Omar cada vez más despreciable. El resentimiento contra Omar no mermaba ni un átomo de odio, por el contrario, parecía crecer a medida que pasaban los días. Varias fueron las veces que Bertilio se despertó con los puños cerrados y pensando en matarlo. A medida que pasaban los días el deseo de hacer con él un revoltijo de carne con madera le resultaba una atracción deliciosamente tentadora.

Semanas habían pasado de la segunda visita, cuando temprano una mañana Bertilio volvió a recibir otra llamada de Elisa. Vio el cielo abierto. Pensó que por fin había llegado el día de su suerte. De la alegría, le dio rienda suelta a su imaginación y la voz de su ángel de amor lo hizo volver a soñar. La posibilidad de una noche de amor con Elisa, una vez más volvió a florar a la imaginación de Bertilio. Cuando la llamó con voz nerviosa para saber como podía ayudarla, y Elisa en el otro extremo de la línea lo volvió a la realidad, él se sintió más obsoleto que un disco de larga duración en el siglo veintiuno. Era invierno y ella lo había llamada para otra reparación. El calentador del agua se había estropeado. Alicaído por la derrota, Bertilio le respondió que iría enseguida. Bertilio estaba en una desesperación tal que se hubiera conformado con ser, aunque hubiera sido, el perro fiel de Elisa.

Bertilio se sorprendió de que a pesar del clima gélido de octubre, Elisa lo esperara sentada en los escalones de la puerta principal. Fumaba con nerviosismo, estaba despeinada y en ropas casera. Nunca antes Bertilio la había visto acabada de levantar, sin maquillaje y en ropa de hacer ejercicio, aun así, Elisa le resultaba una criatura extraordinariamente hermosa. La saludó con su timidez habitual, sin atreverse a mirarla a los ojos, por temor a dejar saber que estaba agonizando de amor por ella. Elisa lo tomó del brazo y le dejó saber que se alegraba mucho de verlo. El tragó saliva y enmudeció de la alegría. Ella le pidió que la acompañara al cuarto de la calefacción que estaba en el sótano. Le soltó la mano y él feliz como un niño, se fue detrás de ella. A Bertilio le hubiera gustado que Elisa lo tocara una vez más, pero el panorama de su trasero no estaba nada mal. Así que se conformó mirándole el fondillo.

Algo le hizo perder el hilo de la imaginación que estaba formulando, mientras apreciaba a Elisa de espalda. Y fue observar que Elisa intentaba cubrirse con el cabello un moretón que tenía en la frente. Él no le dio mucha importancia, pues pensó que se trataba de algún embarazoso accidente doméstico, pero el diablillo de los celos no tardó en despertarse y causó que Bertilio arqueara las cejas.

En la sala, el pesado de Omar miraba en el televisor una carrera de autos deportivos. Ni se molestó en mirar a El Filántropo y eso recrudeció el ya bien establecido repudio hacia él. Era la primera vez que Bertilio veía a su rival de cerca. Y se dijo: «¿qué atractivo le puede Elisa ver a ese mequetrefe?» A la vez, le hizo una evaluación relámpago, con la que pudo deducir su perfil psicológico. Dedujo que Omar era arrogante, mal educado, desconsiderado, oportunista, vividor, narcisista, bribón, grosero, acomplejado, un mierda y un hijo de puta. Estos dos últimos atributos carecían de cualquier apoyo científico/psicológico y fueron otorgados por el diablillo de los celos que continuaba secreteándole un montón de cosas despectivas contra Omar.

Elisa los dejó a los dos en la sala y se marchó un instante para buscar una linterna. Omar continuó idiotizado mirando la pantalla, o al menos fingiendo no ver al Filántropo. Éste, por su parte, no le quitaba la vista de encima y esperaba de Omar una mala mirada, un suspiro de fastidio, o cualquier cosa que evidenciara su repudio contra él y así tener razón para poder caerle a golpes. Pero Omar no movió in un dedo.

Mientras esperaba a Elisa, Bertilio secretamente se lamentó por la buena suerte que acompaña a los vagos. Como una viva muestra de la buena fortuna que tienen los ineptos, ahí estaban ante sus ojos el brillo mismo de un desperdicio humano disfrutando de la buena vida. Bertilio se percató de que estaba respirando hondo y a punto de saltar sobre Omar y acabarlo puñetazos. Lo antes dicho: los celos estaban acabando con él.

Para consolarse, Bertilio se dijo que así como una nube negra es incapaz de ocultar al sol por mucho tiempo, así la mala sombra de Omar no tardaría en salir a la superficie de su personalidad.

Elisa volvió y Bertilio manso y feliz como una lombriz la siguió nuevamente hasta el sótano. Fue entonces cuando él notó abrumado, que ella bajaba los peldaños uno a la vez, tal y como lo hacen los que les aqueja una dolencia. Y una vez más

Bertilio fingió no darse cuenta, pero para entonces el diablillo de los celos le estaba cantando un rap en los oídos que decía: «♫ ♫ Tienes que matar a Omar ♪ Mata a ese hijueputa ♪ mata a ese hijueputa ♪ mata a ese hijueputa ♪ mátalo ♪ mátalo ♪ mátalo ♫ ♩♩♩....»

Una breve observación fue suficiente para saber que el calentador del agua era irreparable. Bertilio le informó a Elisa que debía cambiarlo de inmediato. Pero como no podía pensar con claridad a causa del rap de odio que estaba escuchando, le informó: «hay que cambiarlo, destruirlo, liquidarlo a martillazos, a ese hijueputa». Le prometió que regresaría al día siguiente para instalarle uno nuevo.

Salieron del cuarto de la caldera y Bertilio notó que además Elisa tenía un rasguño en la mano derecha. Entonces, cuando estaban ya a una distancia en donde Omar pudiera escucharlo, Bertilio le preguntó qué le había sucedido en el brazo. Ella le dijo que se había golpeado con una puerta. Él volvió a preguntarle ¿Y en la frente que le sucedió? Elisa bajó la mirada en busca de otra respuesta y al no responderle, Bertilio sin poder disimular lo que estaba pensando le dijo: «tendré que hacer algo con esa «puerta» para que no continué golpeándola». Ya para entonces, convencido de que Elisa era una víctima de la violencia doméstica, Bertilo el humilde, obrero se había transformado en El Filántropo y se dijo esto yo lo arreglo.

Pero El Filántropo, no fue lo suficientemente rápido para evitar que Omar maltratara a Elisa una vez más. Al día siguiente, cuando volvió a instalar el calentador nuevo, Elisa tenía otros moretones. Bertilio quiso saber en dónde estaba Omar. Elisa le confesó que él la había maltratado y que se había marchado. Ella había informado el caso a la Policía, pero dudaba que movieran un dedo. El Gobierno era de la opinión que la violencia entre parejas era un asunto conyugal que debía resolverse en la cama.

Sobre la mesa de la cocina estaban las correspondencias más recientes que habían llegado. Bertilio observó una dirigida al señor Omar Harun. El sobre era de la red de gimnasios Valley Total Fitness. Se dijo: «cuerpo sano, y mente retorcida». Entonces en ese mismo momento El Filántropo comenzó a planear la muerte de Omar. No recordó el momento en que puso los pies en la calle, la imagen de los moretones de Elisa y el deseo de matar Omar fueron sobrecogedores y lo mantuvieron ofuscado por completo.

Invitar a Omar al zoológico y empujarlo a la laguna de los cocodrilos fue su primer plan. Lo descartó de inmediato. Luego pensó sorprenderlo en un lugar a oscuras, aplicarle un par de martillazos en la cabeza y lanzar su cuerpo por un barranco. Después consideró que contratar los servicios de un esbirro para que lo dejara tullido de por vida y así tuviera tiempo de sobras de arrepentirse, no era mala idea. Y más tarde concibió suminístrale un veneno que le proporcionara una muerte lenta y dolorosa, pero ninguna de esas medidas le parecieron idóneas.

Desde la primera vez que lo vio, Bertilio supo que El Filántropo tendría que matar a Omar. Su razón inicial: los celos. Pero su devoción a la filantropía obedecía a un gran sentimiento de amor por los demás, un amor parecido al que han experimentado los grandes humanistas de la historia. Y como al Filántropo lo guiaba un sincero deseo de hacer el bien sin importarle las consecuencias, pensó que si no podía sentir simpatía por Omar, por lo menos debía respetar su derecho a vivir, siempre y cuando, él respetara ese mismo derecho en los demás. Según El Filántropo, el amor es el más sublime de todos los sentimientos. «La venganza y los intereses personales nunca deberían manchar la vocación de aquellos que de verdad aman a sus semejantes». Y pensando así, decidió darle a Omar la oportunidad a que todos tenemos derecho. Y mientras esperaba que Omar desaprovechara esa oportunidad y metiera la pata, se dijo que estaría listo en el momento que él cometiera una fechoría. Por esa razón, esa misma tarde, luego de tener la desagradable ocasión de conocer a Omar, entró a una tienda para espías con la intención de encontrar algo de tecnología que le facilitara el camino más corto que lo condujera a la muerte de Omar.

El lugar estaba localizado en el 1600 de la avenida La Colina. Compró el más confiable de los aparatos de rastreo, de acuerdo al dueño de esa tienda. El dueño le preguntó si sospechaba de su novia. «Precisamente» -le contestó Bertilio. Le contó que necesitaba tecnología para averiguar lo que ella estaba haciendo, sin que se percatara de que él sospechaba. Bertilio se inventó una novia que a cada rato salía en su auto en horas de la mañana, y regresaba al atardecer. El vendedor le mostró a Bertilio Suárez el dispositivo de rastreo *MT 90 de Meitrack*. Y con un afecto maternal le puso una mano en el hombro y le dijo: «obtenlo y podrás descansar en paz hijo mío».

Bertilio le dio las gracias mientras sentía que la imagen y el nombre de Omar habían anclado entre sus cejas. Y volvió a casa con el rastreador MT 90 de Meitrack en una bolsa de compras, sosteniéndolo con las dos manos, como si hubiera estado cargando un objeto extremadamente pesado. Y se tumbó en el sofá poseído por una gran satisfacción, pues saber que había comprado el rastreador más confiable en el mercado lo hacía sentirse como si hubiera obtenido una póliza de seguro contra un verdadero obstáculo que lo esperaba en el futuro. Y Bertilio tuvo una hermosa charla con su Capitán. Le preguntó si pensaba que actuó bien, planeando la muerte de un fulano que todavía no había hecho nada malo. Y le preguntó si estaba bien enamorarse como un loco de Elisa. Y le preguntó si estaba bien poner a funcionar el acondicionador del aire, pues afuera hacía un calor que derretía los clavos. Y su perro le dio la razón en todas y cada una de las preguntas.

DÉCIMO PRIMER CAPÍTULO

||||||||||||||||||||||||||||||||||||||||||||||||||||||||||||||||||||||||||||||||||||||||||||||||

Esa noche, El Filántropo no encontró la solución perfecta para terminar con Omar cuanto antes. No durmió bien pensando en la forma de liquidarlo. Además, una jauría de perros se la había pasado ladrando en el vecindario.

Durante las horas del día El Filántropo se enteró de la razón del porque tantos perros de repente habían invadido el área. Lucy, la perra del vecino, una pastor alemán, estaba en celos. Capitán no era ajeno a esa fiesta. Capitán podía olfatearla desde su ventana y ese amor imposible tampoco a él le permitía dormir. Bertilio, que lo vio gruñendo frente a la ventana, se sintió orgulloso y hasta se enterneció con su pequeño amigo, pues pensó que lo hacía como una advertencia a los invasores para que no se le acercaran a su amo. Luego, cuando descubrió la verdadera razón por la molestia de su perro, solo se lamentó ¡Qué amigo éste, qué amigo!

Bertilio pospuso sus compromisos de trabajos los días siguientes y se entregó por entero a rastrear el paradero de Omar. Se pasaba días enteros frente a los gimnasios esperando verlo llegar. Luego de días sin ningún resultado positivo ya estaba a punto de perder la esperanza, pero su perseverancia lo recompensó.

Se había cansado de esperar frente a uno de esos gimnasios de la red Paraíso de Titanes y había entrado ya a la boca del subterráneo, desmoralizado. Entonces se dijo que si algún día decidía creer en un Dios, su devoción iba ser para el dios Ala, y para su profeta Mahoma, pues a medida que él entraba, Omar salía del tren.

Desde una distancia discreta, El Filántropo lo siguió. Vio a Omar entrar al gimnasio. El sabor de la victoria le endulzaba ahora la amargura de la espera. En un restaurant Buger›s King que estaba a una esquina del gimnacio El Filántropo se sentó y lo esperó hasta que terminó y regresó a la calle. Lo siguió frotándose las manos y diciéndose «¡ahora sí!», como si hubiera estado escuchando un merengue de Rafaelito Roma. Caminaba detrás de él fascinado con la expectativa de su final, como un animal depredador que saliva con solo imaginarse devorando a su víctima. En el primer lugar solitario que encontrara actuaría dándole un ñemaso mortal en la cabeza.

Entraron al tren. Bajaron al segundo nivel del subterráneo. Tomaron el tren J camino a Valdivia. Omar tomó asiento en uno de los vagones de en medio. El Filántropo tomó el que estaba a continuación. Lo vio abrir una revista, seguramente sobre fisiculturismo. Omar tenía un tic nervioso. Cuando pensaba que no lo observaban, hacía muecas, como si de repente hubiera mordido una piedrecita oculta en el guisado.

Bajaron del tren en la estación El Paraíso de Madera. Caminaron hasta la avenida 93 y El Filántropo lo siguió oculto en la sombra de la noche. La luna se ocultaba detrás de las nubes, pero las luces de la calle no le ofrecieron un lugar oscuro en donde pudiera sorprenderlo. Lo vio entrar a una en casa de un nivel. Reconoció el auto estacionado frente a la casa. Lo había visto antes en las cercanías de la casa de Elisa. Era un Volkswagen Rabbit. El Volkswagen Rabbit es un auto compacto diseñado para ahorrar combustible y con un motor no muy superior al de un procesador de alimentos. El Filántropo conducía un Honda CRV un auto monstruoso, si se comparaba con el de Omar. Y eso le ofrecía a él la ventaja de poder empujarlo por un barranco, si se topaba con él en el camino. Desde la sombra El Filántropo se quedó un tiempo muerto observando esa vivienda, pero Omar no volvió a salir. Escuchó voces que llegaban desde adentro y comprendió que Omar no era el único habitante allí. Se marchó decepcionado, pero satisfecho de haberlo localizado.

Al día siguiente, en horas de la noche, volvió en su CRV. El Filántropo estacionó en la oscuridad. Pasó cerca del auto de Omar y por debajo del parachoques trasero, le colocó el dispositivo del rastreador. La casa estaba en silencio y las luces apagadas. El Filántropo llegó hasta la parte trasera del patio. Se disponía a saltar el cerco, cuando el gruñido de un perro dóberman lo detuvo en seco. Si hubiera saltado, esa mole de músculos y colmillos lo descalabra a dentelladas. Un perro y posiblemente varias personas viviendo en el mismo lugar de su futura víctima, le habían complicado los planes a El Filántropo.

El perro le presentaba un gran inconveniente a El Filántropo. Envenenarlo le cruzó por la cabeza pero lo descartó al instante. Él era incapaz de hacerle daño a los animales y entre ellos los perros eran creaturas por las que él sentía un gran cariño. Decía El Filántropo que la vida es valiosa y que las hormigas, tanto como las estrellas tienen el mismo derecho universal de existir. La única especie que era una excepción y en su sentido del altruismo no estaba incluida era la especie humana, por ser extremadamente dañina para el planeta. Y de ahí lo de su filantrópica necesidad de eliminar a ciertos especímenes humanos con la mente retorcida.

El Filántropo no estaba dispuesto a desperdiciar la oportunidad de conocer más acerca el paradero de Omar. Volvió al vecindario y desde la ventana de su apartamento pudo ver en el patio vecino a la perra Lucy. La tomaría prestada. El vecino siempre dejaba la puerta del patio apenas con el candado puesto. Lucy conocía, a El Filántropo y era incapaz de ladrarle. Él abrió la puerta y ella lo siguió. El Filántropo acompañado de Lucy y Capitán volvió a la casa en donde vivía Omar.

A Capitán medio se le salieron los ojos cuando vio a Lucy. Seguramente se imaginó una jornada de amor con ella. Pero los planees de El Filántropo eran otros. Lamentó tener que estropearle los planes a su amigo y le puso el cinturón de seguridad, mientras que a Lucy la dejó en el asiento de atrás. Una jauría de más de veinte perros los persiguió por la ciudad aullándoles.

Ya de regreso en la casa de Omar, asegurándose de que nadie lo viera, le presentó a Lucy al dóberman. Los dejó tramando una alianza amorosa y se fue en busca de una ventana mal cerrada. Todas tenían barrotes de hierro, así que no tuvo más remedio que decidirse por la puerta trasera. Estudió la cerradura. Era de tipo comercial, bastante resistente. Una vez había leído en un manual de cerrajeros que si se escogieran cien llaves al azar, y las introdujera en cualquier cerradura, se tiene un 70% de posibilidad de poder abrirla. Bertilio no tenía cien llaves en la caja de las herramientas ni el tiempo para probar esa teoría. Así que, con un poco de suerte y un gancho para el cabello, fue relativamente fácil abrir la cerradura.

El apartamento lucía demasiado ordenado para ser el de un hombre soltero. No había una mota de polvo por ninguna parte ni una silla fuera de lugar. El tipo hasta doblaba las sábanas cuando se levantaba. Parecía ser uno de esos que rocían la cama con agua de colonias para que los vientos nocturnos no marchiten las sábanas. Había una limpieza y un orden digno de una sala de cirugía. Ese orden le hacía recordar a El Filántropo el dicho: «un escritorio muy ordenado, es señal de una mente enferma». Sus conocimientos psiquiátricos, que por cierto no eran muchos, le recordaban a El Filántropo que hay un margen muy estrecho entre los obsesionados compulsivos y los asesinos en serie. Se preguntó si ese análisis psiquiátrico no lo incluiría a él también. Pero se respondió que no, porque él sólo mataba por amor.

En una mesita, al lado de la cama de Omar, había un calendario, con las actividades del mes de julio. El calendario decía: «sábado 6, partido de criquet en el estadio de esta ciudad. Domingo siguiente: cacería. Luego, para las montañas del norte. El 26, 27 y 28, a quebrar tablillas». El Filántropo se preguntó, ¿qué diablos significaría eso de quebrar tablillas? De todas formas, no le importaba. A Omar era al que le quebrarían las costillas y quizás también le rompería el cráneo la tibia y el peroné. El Filantrapo vio una fotografía de su futura víctima colgada en la pared. Tenía un rifle de cacería en la mano, y en el suelo, junto a él, un gran ciervo con el pecho perforado, mirando al vacío de la eternidad. Al fondo había una cabaña, en medio de un monte tupido. Escrito en la parte posterior de la fotografía decía: «cabaña de Montarral, mayo del 2004».

Siendo muy joven, Bertilio había visto la película Bambi. Y pensaba que esa película le había enseñado a tener un gran respeto y compasión por las vidas silvestre y un gran desprecio por los cazadores. El Filántropo era de la opinión de que tanto los cazadores, como a los que destruyen la ecología desforestando árboles y los que conscientemente contaminan el medio ambiente deberían condenarlos a cadena perpetua. «Entonces, al hombre le gusta cazar, eh»- se dijo Bertilio. Sin proponérselo, Omar se había encontrado con otra razón para que El Filántropo le regalara un pasaje de ida para ir a dormir con los gusanos.

El Filántropo escuchó el sonido de un auto que se detuvo en frente. Observó por una ventana cuando de él salieron Omar y otro tipo riendo a carcajadas. Bertilio se disponía a alejarse de allí de inmediato, pero recordó a Lucy y al dóberman. Para entonces esos dos se habían jurado un amor inseparable, pues El Filántropo los encontró tan unidos que fue imposible alejar al uno del otro. Y no tuvo más remedio que llevárselos a los dos unidos.

En la calle la atmósfera apestaba a Marihuana. Ahora Bertilio comprendía la alegría que embargaba a Omar y a su acompañante. Llegó a donde había dejado el auto estacionado. Pensó que le estaba fallando el juicio. Creía haber dejado el auto no tan cerca y sin embargo ahí estaba frente a sus ojos. Luego notó, abrumado que la llave apenas le entraba, y estaba seguro haber regresado con el Capitán. Ahora su perro no estaba dentro del auto.

El Filántropo sabía que el Capitán era muy atrevido y tenía un conocimiento que sobrepasaba al de muchos humanos. Pero también reconocía que no era tanto para que pudiera abrir la puerta de un auto, salir y volver a ponerle el seguro. Pensó algo más y esto sí que le resultaba triste aceptarlo, pensó que estaba enfrentándose a los primeros delirios del Alzhéimer.

El Filántropo había cumplido ya los veinticinco años de edad y había leído por ahí en su manual de psiquiatría, que luego del quinto lustro a las neuronas les da por marchitarse. A partir de entonces el Alzhéimer puede entrar en cualquier momento y arbitrariamente borrar el libro de la memoria. «¡Qué barbaridad!». -pensó El Filántropo - Consideraba sus recuerdos como el más preciado de todos los tesoros. El Filántropo hubiera preferido mil veces suicidarse antes que sufrir la irreversible pérdida de sus recuerdos.

Resumiendo: el auto ahora estaba en otro lugar, continuaba cerrado con llave, su perro había desaparecido, Lucy y el dóberman continuaban más pegados que dos cadillos al ruedo de un pantalón de gabardina, El Filántropo no hacía más que rascarse la cabeza,

Como quien se vuelve a mirar al espejo esperando no ver la arruga que esta mañana por primera vez se dio a conocer en el rostro, así volvió El Filántropo a introducir la llave. El resultado fue el mismo. Sólo por no cruzarse de brazos, se buscó en los bolsillos, como esperando encontrar de repente otro llavero que se materializaría de la nada. Luego, por tratar cualquier cosa, intentó abrir la puerta con otras llaves, y con la lima del cortaúñas. Luego recordó el gancho para el pelo que llevaba en la caja. A tientas, lo buscó y le fue imposible localizarlo. «¡Coño!» -se dijo, más frustrado que el profesor Nutty Nut-Meg, enemigo a muerte del gato Félix. El resultado continuó siendo inalterablemente el mismo. La puerta continuaba más condenada que el alma de un ateo.

El Filántropo sabía que a los ladrones profesionales de autos les toma menos de cinco segundos abrir cualquier modelo de auto. Robar a él nunca lo había estimulado y por ende nunca aprendió a abrir puerta de autos. Lo poco que conocía sobre el arte de abrir cerraduras lo había aprendido mirando los episodios de «Ladrón sin Destino».

Cansado de intentar abrir la puerta sin ningún resultado, tomó un destornillador de la caja de las herramientas y rompió la cerradura. ¡Eureka!, finalmente pudo entrar. El esfuerzo lo había hecho sudar. Estaba exhausto y respirando hondo. Ahora se encontraba con otro pequeño inconveniente: el auto no quería arrancar. La llave le quedaba un poco ajustada y no giraba dentro del interruptor. «¡Me parta un rayo!» -volvió a maldecir. Esa noche todo le estaba saliendo mal. No perdió más tiempo. Abrió el panel por debajo del guía y encontró los alambres del arranque. Sería asunto de pegarlos para que el auto prendiera. Había sudado como un condenado luchando con esa carcacha. Necesitaba tomarse un descanso y respirar un poco de aire fresco. Bajó los cristales. Encendió un cigarrillo para calmarse. Sí, El Filántropo fumaba. ¿Qué se pensaban ustedes, que el hombre era tan sano y meticuloso con su salud? Aspiró el humo y lo soltó por la nariz, como lo hacía el vaquero Marlborough. Respiró hondo, una vez más, tratando de controlar su frustración. Observó la noche en calma y escuchó el lejano, casi apagado, ladrido de un perro. Ese ladrido le resultaba algo familiar. Era bastante parecido al de su Capitán. Dio media vuelta en busca del lugar de origen y a unos seis autos de distancia había un auto que se parecía bastante a su CRV. Dentro había un perro que también se le antojaba muy parecido a Capitán. Entonces, se dio una palmada en la frente. Se percató, no sin poca alarma y ruborizado de la vergüenza, que el auto en que ahora estaba, no era el suyo. Le había forzado la puerta y roto el panel a un auto ajeno. Quien lo hubiera encontrado en medio de ese gran equívoco, hubiera pensado que estaba tratando de robárselo. La Policía lo hubiera acusado de ladrón de auto y de perros.

Su espíritu de buen ciudadano le sugería que esperara al dueño del auto dañado para que explicara el mal entendido y pagara por la destrucción que había cometido. Pero su otro espíritu, el que va de la mano con el instinto de la sobrevivencia, le decía que hay cosas a las que es mejor no explicarlas; le decía que las explicaciones muchas veces quedan pequeñas. Le decía que el 99.99% del total de todas las posibilidades para que le creyeran, lo desfavorecía. Le decía que se marchara de inmediato. Ante su momentánea indecisión, el instinto de supervivencia le gritaba: «¡corre cabrón!, ¡corre, si no quieres

DÉCIMO SEGUNDO CAPÍTULO

||||||||||||||||||||||||||||||||||||||||||||||||||||||||||||||||||||||||||||||||||||||

E sa noche mientras estuvo en la casa de Omar rebuscando entre sus cosas y tramando de ver cómo matarlo, Omar había vuelto a la casa de Elisa. Ella le abrió la puerta. Según el médico legista, hubo un altercado en el que Omar extrajo un cuchillo y le propinó más de una docena de puñaladas. Seis de ellas fueron mortales. La Policía ahora lo buscaba para hacerle una acusación formal por el asesinato.

Desde que se enteró de esa noticia, una tristeza colosal se apoderó de Bertilio Suárez. Se pasó una semana frente a la casa de Omar día y noche, y no dio con él.

El otoño había llegado con su mágico pincel pintando la foresta de amarillo dorado. Las hojas en los árboles habían comenzado a morir paulatinamente. Grandemente afectado por la muerte de Elisa, Bertilio presintió que el otoño también lo estaba afectando. Sentía que el frío del invierno que se acercaba, se le había instalado en los huesos. El calor que Elisa nunca le brindó, ahora lo extrañaba en demasía. Tiritaba de frío y de soledad. En su melancolía se refugiaba frente a la ventana aferrado a una taza de té de tilo, observando el follaje amarillo de los árboles y sentía que, al igual que las hojas, él también había comenzado a morir. Desde la muerte de Elisa se le habían roto en innumerables migajas los planes que se había propuesto. Pasaron días en que se olvidó del porqué había llegado por estos lares. Pero una de esas tardes terribles en que preparaba una taza de té, por distracción, se tropezó y la taza se hizo pedazos. Mientras recogía los pedazos de porcelana, se encontró con el panel del rastreador que había instalado en el auto de Omar. Y recordó que nunca había tenido tiempo de activarlo. Presionó el interruptor para el lado que decía «ON».

Era uno de esos otoños en que de verdad se hizo sentir el cambio climático que está experimentando el planeta. Era ya octubre y un calor abrasante de súbito se precipitó sobre el mundo. Bertilio había preparado el té cuando era apenas las once de la mañana, pero el calor era tal que debió dejarlo intacto sobre la mesa. Se disponía a sentarse frente a la ventana a ver las hojas amarillas de los árboles, cuando vio encenderse la luz del rastreador. El dispositivo se había disparado. El mapa del panel indicaba que en ese momento Omar había salido de la ciudad y conducía en dirección norte. Una transformación portentosa transfiguró a Bertilio Suárez en El Filántropo. Fue como si al encenderse esa luz, a él se le hubieran encendido todos los sentidos. Se sintió animado. Y volvió a recordar todas y cada una de las metas que se había propuesto. Y pensó en su desbordante amor por la gente, que él consideraba la gente de bien. Y recordó a Fidel diciendo que el que no lucha por los demás es incapaz de luchar para sí mismo. Y recordó que la única razón de vivir es la de sentir compasión y solidaridad por los demás. Y recordó que el milagro de existir es un privilegio que debemos aprovechar y no podemos desperdiciarlo mirando el tiempo pasar del otro lado de la ventana. Y se dijo que no podía dejar de pensar en un mundo mejor y más justo. Y recordó que vivir sin ambiciones es lo mismo que un ensayo para la muerte. Y recordó que debemos ser como el fuego: arder por una pasión y cuando muramos, dejar nuestra huella. Y luego de pensar todas esas cosas y sudando como un caballo cargado subiendo cuesta arriba, recordó que Omar continuaba alejándose. Y medio cerró los ojos, que era así como fruncía el ceño cuando lo poseía su amor por la humanidad y el deseo de matar canallas.

Ahora, una súbita euforia se había apoderado de Bertilio. No tenía tiempo qué perder. Sacó a Capitán de la cama y se lo llevó. Y un instante después ya salía de los límites de la ciudad. Cuando la autopista estuvo despejada y la ciudad pronto quedó atrás, arriesgándose al peligro de encontrarse con un patrullero, sobrepasó el límite de velocidad. Pronto observo con satisfacción que la distancia entre Omar y él era de apenas cincuenta millas.

La autopista por donde conducía se abría a través de una selva de árboles centenarios. Toda esa gran arboleda a ambos lados lo hacía sentirse un pionero entre esas tierras. Se sintió un Daniel Bonne, pero se dijo no, ese tipo no. Ese desgraciado mataba los animales silvestres. Pensó que se sentía como un Búfalo Bill y se dijo no ese tampoco, ese hijo de puta mataba a los indios. Se sintió un John Wayne y también se dijo, ése tampoco pues ese crápula era un mal actor y un pésimo ser humano. De todas formas, Bertilio se sentía rejuvenecido y emprendedor. Se sentía al pie de un efímero, pero indeleble, hito. Colocó en el tocadiscos un CD de Willie Colón y Rubén Blade y se puso a cantar:

«Ruge la mar embravecida. Rompe la ola desde el horizonte.

Brilla el verde azul del gran Caribe. Con la majestad que el sol inspira...».

El corazón se le aceleraba con sólo pensar que el momento anhelado de matar a Omar estaba cada vez más próximo. Conocía el terreno. Sabía que a continuación, las próximas cien millas, la ruta se deslizaría por el borde de un precipicio. Ese sería el lugar perfecto para hacerle una emboscada a Omar y empujarlo por uno de esos barrancos. No volverían a verlo ni en retrato. Hizo un atajo y aceleró a todo motor. Capitán a veces levantaba la cabeza para ver el paisaje. Los árboles lo excitaban, pero cuando se percataba de que solo pies de distancias los separaba del precipicio, se volvía a tumbar en el asiento.

Pronto la pantalla del rastreador indicó que Omar había quedado atrás. El tráfico para entonces era escaso, y la autopista se había convertido en una simple carretera forestal. Solo tres autos se habían cruzado con Bertilio en más de una hora de camino. Se detuvo en una curva de la carretera. Escondió el auto en el follaje, y dejó a Capitán en él.

El pasto a la orilla de la carretera era alto y le llegaba a las rodillas. Ocultó la caja de las herramientas en el follaje y extrajo una llave stilson. Aun no podía escuchar en la distancia el auto de Omar acercarse a su aciago final, pero sabía que eso sería asunto de escasos minutos. Arrastró la rama de un árbol que había sido derribada por el viento y la atravesó en medio de la carretera. Oculto, se sentó a esperar con los nervios tensos y lleno de emoción, como el que espera con la mirada atenta a que se apaguen las luces y se abra el telón para que comience la función.

El Filántropo escuchó el ruido de un auto y supo que era él de Omar. Vio el auto detenerse y a Omar salir con una expresión que parecía decir: ¿y aquí, qué pasó? Cuando Omar se disponía a mover la rama, El Filántropo salió a su encuentro, haciendo «swing» con la llave de plomero, dispuesto a enseñarle a Omar cuál de los dos era el que la tenía más grande. Pero lo pensó una vez más y se dijo que en esa apuesta a lo mejor él podía salir perjudicado y se dijo que mejor le enseñaría a Omar cuál de los dos tenía la herramienta de plomero más grande. El Filántropo caminó con paso firme, como un león dispuesto a triturarle el cráneo a una hiena. Por decir algo, le preguntó a Omar:

¿Hey, necesitas a un plomero? Y Omar le respondió con una desconcertante sonrisa burlesca. Y retrocedió un par de pasos para extraer del auto un enorme machete, cuya hoja de acero relumbró como un espejo. El Filántropo comparó el arma de su adversario con la suya y la lógica le advirtió su abismal desventaja. Omar pareció que también se percató de esa observación, pues de inmediato corrió al encuentro con El Filántropo, con toda la intención de hacer rebanadas filantrópicas.

El Filántropo era partidario del dicho que dice: «es mejor que digan aquí fue donde el tipo corrió y no que digan aquí fue donde el hombre murió». Así que, al ver a Omar con ese machete afilado, corriendo en su dirección, corrió como un condenado para salvar el pellejo. Podía dar gracias al futbol y al severo entrenamiento a que a diario se sometía. A pesar de ser un poco regordete, Omar corría más rápido de lo que El Filántropo esperaba. La distancia entre los dos era de unos escasos pasos. El Filántropo pensó que necesitaría de un milagro para salir con vida de ese aprieto. Omar lo perseguía como un endemoniado, gritándole que no fuera cobarde, que se detuviera.

Se perdieron entre los árboles: Omar tratando de alcanzarlo y El Filántropo tratando de no dejarse alcanzar. El Filántropo, al borde del desespero, rogaba por tropezarse con un pescador, un leñador, o con quien fuera que le salvara la vida. Es más, aunque El Filántropo era ateo, ya estaba a punto de clamar a Dios socorro porque la verdad es que nunca se sabe.

Volvieron a salir a la carretera. Y El Filántropo corrió en dirección al auto de Omar. Fue entonces cuando se le ocurrió una idea. Recordó la caja de las herramientas oculta en la maleza. Corrió en esa dirección. Cuando pasó frente a ella, saltó. Pero Omar que desconocía ese obstáculo, tropezó y cayó de bruces. Con el impacto de la caída, Omar perdió el machete. Al verlo en el suelo, desorientado y desarmado, El Filántropo regresó virado como un tiburón. Llevaba la llave en la mano y le propinó un trancazo con el que Omar se fue a visitar a su tataratataratatara abuelo, que era casi un Australopithecus aferensis. Luego, El Filántropo le encestó unos cuantos ñemasos más estimulado por el calor de haber corrido tanto y a tal velocidad. Y otros más en memoria a Elisa y le dijo: Sansón eso es para que sepas porque es que la mujer de Antonio camina así.

A continuación, cuidándose de no ensuciarse el uniforme con el fango del lodazal cerebral, arrastró el cuerpo hasta su auto. Lo acomodó en el asiento del conductor y le colocó el cinturón de seguridad. Ese detalle, me contó, es bueno para despistar cualquier curiosidad por parte de la Policía. Me dijo que ese truco lo había aprendido de la película *Perdido en el Espacio*, pero luego se corrigió, porque todos los episodios que recordaba de esa serie ocurrieron en la galaxia Andrómeda y en otros rincones de la Vía Láctea.

Luego, El Filántropo procedió a empujar el auto por el desfiladero. Antes de darle el último empujón, se cercioró de desprenderle el dispositivo del rastreador, que le había colocado días pasados. A continuación, le puso la palanca de los cambios en la segunda y lo empujó por el barranco. Empujar un auto con la segunda puesta es un fastidio; las ruedas se resisten a girar, pero finalmente la tierra del borde del abismo cedió. Vio los neumáticos traseros perderse en el vacío y durante ese instante maravilloso El Filántropo se quedó en suspenso, esperando la explosión del impacto al caer. Se imaginaba una pavorosa explosión. Luego de esperar más de lo necesario, con el corazón en vilo, le pareció escuchar un tímido derrumbe. «Qué ruidito más mierda»- se dijo.

Me contó: «Eso de que los autos al caer por un precipicio se encienden y estallan con una escandalosa explosión, es otra de las tantas falacias de Hollywood». El auto de Omar al caer produjo apenas un lastimoso estrépito de cristales rotos, no muy diferente al chasquido que hubiera originado un armario al caer por la ventana de un segundo piso. El Filántropo detestaba las labores inconclusas. Prefería mil veces ser atrapado en el acto de concluir un buen trabajo, a escapar ileso del lugar de los hechos, dejando detrás una estela de chapucerías. Nunca se hubiera permitido dejar un trabajo inconcluso.

Dispuesto a terminar lo que había iniciado, El Filántropo tardó más de media hora deslizándose entre rocas y raíces para llegar al fondo de ese desfiladero. Como recompensa a ese esfuerzo, pudo ver con gran placer el cuerpo de Omar apachurrado, preso entre los hierros de esa carcacha, como un pulpo en una lata de sardinas. Lo observó con detenimiento y se sorprendió mordiéndose los labios de la alegría. El gozo de ver a su adversario muerto fue un placer embriagador. Una gran calma se apoderó de él. Los antiguos griegos llamaban ese regocijo el néctar de los dioses. Y sin importarle el riesgo de poder ser descubierto, se sentó en una roca, saboreando cada segundo de ese instante revelador con una felicidad que sólo algunas drogas son capaces de producir. Extrajo de uno de sus bolcillos una caja de velitas para cumpleaños. Encendió una y la colocó a escasos centímetros del tanque de combustible, por donde comenzaba a fluir un hermoso chorro rosado, y le cantó: «que lo cumplas feliz, que lo cumplas feliz, que lo cumplas maldito, desgraciado, mal nacido, hijo de la gran puta del diaaaaablooooo. Que lo cumplas feliz».

Ese truco de ponerle una vela sobre la carcacha, lo aprendió en otra película de aventuras, y esta vez estaba seguro de haberlo aprendido de la serie Kojak. Funciona de la siguiente manera: la vela se coloca sobre el combustible derramado, cuidándose de evitar el contacto con la llama. La vela tarda en derretirse unos veinte minutos, tiempo suficiente para escapar del lugar y protegerse del fuego y la explosión.

El Filántropo regresó al lugar de la emboscada. Se cercioró de no dejar ninguna pista delatadora de esas que les hacen arquear las cejas a los detectives. Volvió a su auto que continuaba oculto detrás de unos arbustos. Capitán observaba a su amo con unos ojos que parecía adivinar lo que había hecho. Para que dejara de escudriñarlo con esos ojos de rayos X, El Filántropo le obsequió una galleta para perro. No la aceptó. El perro no le quitaba los ojos de encima. El Filántropo guio el auto hasta la carretera y se alejó de allí al instante. Ahora no miraba a su perro, pero sabía que este continuaba hostigándolo con su mirada maldita.

A medida que se alejaban del lugar El Filántropo mantenía el oído atento esperando la gran detonación. Miraba por el espejo retrovisor, en busca del fuego infernal que convertiría en cenizas lo que quedó de Omar y su carcacha. El Filántropo se imaginaba ese gran infierno de candela que se extendería consumiendo lo que encontraría, dejando a su paso un lastimoso espectáculo desértico, digno de un paisaje de la superficie de Marte.

Unas tres millas más al norte del lugar de los hechos (como dirían en los noticieros), El Filántropo y Capitán llegaron a una de las tres reservas de agua que abastece a Ciudad de Corsarios. El lago era de una gran extensión, diáfana como el cristal. La temperatura había subido de tal manera, que sacó una vara y se puso a pescar. Estuvo atento esperando a que un gran pez mordiera la carnada.

Daba la impresión de que los peces se habían ido de vacaciones esa tarde; no mordieron ni una vez la carnada. En realidad, a El Filántropo no le importaba. Él era capaz de quedarse días completos adormilado, disfrutando de la tranquilidad que ofrecía la naturaleza. Y mientras medio hipnotizado observaba la extensión cristalina del lago, se preguntó por qué demonios nuestros antepasados dejaron la paz de la selva y fundaron ciudades ruidosas. Se hacía esa pregunta cuando sintió algo de sueño. De la mochila extrajo una manta y decidió echar una siesta tirado en el pasto.

La felicidad eterna no existe; a lo sumo no dura más de quince minutos. Se estaba quedando dormido cuando escuchó pasos que se acercaban. Era un guardabosque. El Filántropo se incorporó de inmediato, pues un agente de la ley, más recordar «el accidente que le ocurrió al pobre Omar» no muy lejos de allí, le espantó el sueño al instante. Respiró hondo y se armó de paciencia, listo para aguantar la gran descarga de altanería que tendría que soportar. El guardabosque le sonrió y dándole las buenas tardes, una acto de cortesía no muy común entre los uniformados, le preguntó si había tenido suerte con los peces. «Sólo los mosquitos me han picado» -le respondió Bertilio.

Capitán que hasta ese momento había brillado por su ausencia, al escuchar la voz del guardabosque, llegó de repente. Lo olisqueaba, agitaba la cola y hasta le lamió una mano. El Filántropo no podía creerlo. Era la primera vez que su perro demostraba simpatía por un uniformado. Bertilio lo reprendió. Le dijo: «¡Capitán, deja ya de esparcirle tus gérmenes, vete a molestar a otro sitio!». El perro lo miró, le gruñó y le sacó los dientes. Bertilio fingió no darle importancia, pero para sus fueros internos se dijo: «perro condenado, si pudiera hablar, me delataría al instante». No podía creer que su perro se hubiera convertido en un alcahuete de las autoridades, con los tantos que ya hay. El guardabosque, con mucha cortesía le preguntó a El Filántropo si tenía al día el permiso para pescar. Al comprobar que todo estaba en regla, el agente se marchó deseándole a El Filántropo un buen día y mejor suerte con los peces. Bertilio estaba acostumbrado a transitar entre policías que derribaban puertas, y le repartían balazos a cualquiera que les cayera mal. Lo antes dicho: los policías les caían a El Filántropo como una retama en el paladar. Sin embargo, se sorprendió de la amabilidad de ese guardabosque.

En cuanto el guardabosque se marchó, el deseo de echar una pavita no tardo en regresar. El Filántropo se dejó caer sobre la manta. Y soñó lo siguiente: que estaba en el cumpleaños de Walter White. Estaba toda la familia de Walter presente y algunos amigos. Skyler, su esposa, tenía en entre sus brazos a su niña recién nacida. Walter Jr. se perdió por un instante y volvió a aparecer con un pastel en las manos, y cantando: «feliz cumpleaños, papi». Todos cantaban a coro, por cierto, un coro muy desafinado, deseándole a Walter un feliz cumpleaños. Él, como siempre o como casi siempre, estaba distraído pensando en su empresa de fines inconfesables. Walter agradeció el gesto con una sonrisa desganada que parecía decir: «ahora estoy planeando como matar a alguien, no me interrumpan con boberías». Su esposa le dice que pida un deseo antes de soplar la velita. Él cierra los ojos para pensar en un deseo, pero sólo puede pensar en el laboratorio secreto en el que está gestando su empresa clandestina. Él sopla, y apaga las velas y las lanza en el canasto de la basura. Todos salen al patio, en donde Walter parte el biscocho. Una de las velas en el canasto de la basura no se apagó completamente y dará origen a un fuego que ocurrirá minutos más tarde. Nadie lo sospecha, sólo El Filántropo, que es el protagonista de ese sueño lo sabe; pue el que sueña tiene la facultad de premonizar lo que ha de ocurrir.

El Filántropo se sienta en una silla de hierro que está frente a la piscina. Walter fue a donde estaba él. Walter, piensa decirle a El Filántropo que quiere que lo ayude a matar a su jefe. Pero no sabe cómo entrarle al tema y, mientras tanto, le brinda al Filántropo un vaso de limonada con brandi. Y le dice algo que El Filántropo escucha a medias. Quizás le dijo que su ciencia preferida era la química y que le gustaba el color azul. El Filántropo no atina a prestarle atención. Un destello de luz que sale de la cocina le advierte que ha comenzado el incendió. El Filántropo se pone de pie y, agitado le dice: «mira Walter, se ha desatado un incendio en la cocina, pero Walter le responde que quiere proponerle un negocio. Quiere que hagan un laboratorio más grande, mejor equipado, para hacer cristales de metanfetaminas. El Filántropo le grita que no es hora de hablar de esas cosas, que en su cocina se ha formado un fuego, que tienen que hacer algo. Walter ignora al Filántropo una vez más, pero Skyler, la esposa de Walter escucha al Filántropo y chilla: «¡Ay maldito sí, hay un fuego!».

Todos, menos Walter, corren a apagarlo. Lograron sofocarlo. Pero una pequeña llamita que se ha escapado llega al patio y cruza la calle. ¿Han visto como en las películas sobre explosivos, el fuego siguiendo un rastro de pólvora atraviesa largas distancias? Así era como esa pequeña llama viajaba. Atravesó el patio de la casa de Walter y luego todo el desierto de Sonora, continuó cruzando los estados de Dallas, Oklahoma, Kansas, y Pensilvania. El rastro de fuego pasó no muy lejos de ciudad de Corsarios, continuó con rumbo norte, atravesó una selva, descendió por un gran precipicio y llegó hasta donde había ocurrido un accidente automovilístico y el auto estaba hecho una calamidad. El Filántropo veía lo que ocurría en su sueño, como si lo hubiera estado observando en una pantalla IMAX.

El fuego llegó hasta el tanque de la gasolina y causó un estallido de tal magnitud, que sacudió los alrededores. Entonces se desató un fuego infernal que redujo el auto y su aplastado tripulante a cenizas. El enorme fuego continuó consumiendo la maleza y a todos los árboles que encontraba a su paso.

No muy lejos de allí había un gran lago de aguas diáfanas. A la orilla de dicho cuerpo de agua, el dios Adonis había estado pescando, y se había quedado dormido. Como es bien sabido, o como todos deberían saber, Adonis es el dios griego de la belleza varonil. Junto al dios, dormía su perro, un majestuoso pastor alemán blanco. Y junto a los dos, había una gran roca con un grabado que anunciaba: «Aquí estuvo Narciso, pero se convirtió en una flor y se lo llevaron a adornar una tumba».

Ahora, una trucha había mordido el anzuelo del dios Adonis y luchaba por escaparse. Adonis estaba vestido con un riguroso uniforme de plomero y en el bolsillo de la camisa, a la altura del corazón tenía escrito: «dios Adonis, Plomero». Era posible que el dios Adonis hubiera tenido un gimnasio y levantara pesas en el monte Olimpo, pues tenía los brazos erizados de músculos, y era dueño de un cuerpo digno de un dios griego, valga la redundancia. De todos modos, él era un tipo muy apuesto. El dios tenía, además, una picadura de viruela en su nariz griega, un lunar en el mentón derecho y un azabache colgado de una oreja al estilo del capitán Jack Sparrus.

Adonis, a su vez, soñaba que un fuego forestal que hacía ya rato estaba haciendo arder la foresta, había llegado hasta donde él estaba. Todo a su alrededor era un infierno de candela y humo. El dios sentía el calor en el rostro, como quien hornea una torta y se acerca al horno para comprobar el estado de cocimiento. El calor era suficiente para aniquilar a un ser humano común, sin embargo, Adonis sólo sentía un calor placentero, como la caricia tenue del tímido sol de febrero. El fuego había llegado hasta una colina en donde había cientos de ovejas pastando. Cada oveja llevaba una campana colgada del cuello. Asustadas, éstas corrían para escapar del fuego. Los animales pasaban corriendo cerca de donde estaba el dios Adonis. El repiquetear de las campanitas era interminable.

Cuando El Filántropo se despertó, un pez había mordido la carnada, y la campanita del anzuelo sonaba. Extrajo el anzuelo y había una gran trucha atrapada. Eran ya las horas de la tarde y El Filántropo decidió emprender el camino de regreso a casa. El Filántropo se decía que su única preocupación esa tarde era saber lo que prepararía para la cena. Pero la realidad era que a medida que se acercaban al lugar del «accidente», cada vez más agitado se sentía. Estaba a la expectativa.

La incertidumbre no lo decepcionó. Al doblar una curva, se encontró con un destello de luces rojas y azules. Se quedó boquiabierto. Una patrulla de la Policía estaba registrando el tráfico de vehículos que transitaba en ambas direcciones. Habían descubierto el aparatoso desbarranque del auto de Omar y estaban investigando la escena del accidente.

No había otro auto delante, así que El Filántropo disminuyó la velocidad al mínimo para darse tiempo y pensar cómo reaccionar ante cualquier sospecha de los uniformados. Las palpitaciones del corazón hacían ritmo con las luces circundantes del carro de patrulla. «Eso de que la fe mueve montañas, es una gran farsa» -entre carcajadas, me dijo El Filántropo. «Con todo el poder de mi mente traté de mover una montaña para colocársela encima a los policías, y ni una sola piedra se movió de su lugar. -me volvió a decir, con una sonrisa burlesca. Luego, dejó de reír y su rostro adquirió un aura pensativa al recodar esa tarde. Mientras se acercaba, seriamente consideró hacer un viraje en forma de U y escapar de allí más rápido que inmediatamente. El tiempo y el espacio que le separaba de la Policía no fueron suficientes para poder generar una solución sabia al problema.

«Buenas tardes oficiales», -les dijo él, y sintió que le tembló la voz. Los oficiales le informaron lo que él ya sabía de sobra: que había ocurrido un accidente, que un auto se había derrumbado por un risco, que el chofer había muerto aplastado... «No me digan. Qué lástima.» -Le contestó él y pobremente fingió estar apenado. Un instante después, los patrulleros le cedían el paso, y El Filántropo se disponía a esbozar una sonrisa de oreja a oreja. Pero antes de que eso ocurriera, los patrulleros hicieron sonar la sirena y le ordenaron que se detuviera una vez más. El Filántropo maldijo entre dientes. «¡Desgraciados, no me atraparán tan facil!». Pensó apretar el acelerador y alejarse de allí como alma que lleva el diablo. Pero su indecisión, su eterna indecisión no lo motivó a dar ese último paso. Justificó su falta de carácter apoyándose en el argumento de que tratar de escapar antes de ser acusado, es lo mismo que confesar abiertamente la culpabilidad. Pensó otra vez en eso de mover una montaña con el poder de su fe, pero El Filántropo era ateo, así que una hoja no se movió de su lugar.

Puso la reversa y retrocedió, con el presentimiento de que se precipitaba a un nido de serpientes. Escuchó unos golpes de los nudillos en el cristal del auto ordenándole que lo bajara. Con una voz, que a él mismo le resultó desconocida dijo: «sí, oficiales, ¿cómo puedo servirles?». Uno de los dos metió la cabeza por la ventana del auto, como lo hubiera hecho una culebra en la madriguera de una jutía, para tragársela viva. Bertilio pensó que buscaban alguna evidencia, que habían sospechado algo de él. Y escuchó a uno de ellos decir a su compañero: «es lo que buscábamos.» «¡Tierra, trágame!», se dijo El Filántropo. Y se lamentó por las tantas cosas que aún no había hecho.

Entonces ocurrió lo que menos él esperaba. Uno de los agentes con una sonrisa implorante le confesó que necesitaban de su ayuda. «Me están armando una trampa»- pensó El Filántropo. No confiaba en los militares ni para que le dieran la hora. Sabía de todas las trampas y embustes que han armado. Los militares siempre se han dado a conocer por ser unos patrañeros creadores de grandes salvajismos, de los que siempre salen impunes. Sin excepción, todos los militares que El Filántropo había conocido en ciudad de Corsarios y los otros que por mala suerte se habían cruzado en su camino, nunca pedían favores. Necesitaban algo y lo tomaban sin pedir permiso. En ocasiones simplemente le ponían a la gente la pistola en la cabeza y daban órdenes. Así que nervioso y asustado como estaba, les preguntó de mala forma, que qué diablos era lo que querían. Les contaron que el carro patrulla en que habían llegado se había descompuesto. «Y eso a mí, qué me importa» -se dijo El Filántropo. Ellos ya habían contactado al cuartel y le habían contestado que tardarían por lo menos seis horas en rescatarlos. Los policías pedían el favor de llevarlos hasta el poblado más cercano. Cuidándose de que no advirtieran el desprecio patológico que les causaban El Filántropo les dijo que si, que no faltaba más, gentiles agentes. Y gruñó entre dientes: «par de cabrones, váyanse a joder para otra parte». Les preguntó, con una mirada de desprecio, que para donde quería que los llevara.

Capitán, su perro, que hasta entonces había estado dormido, se despertó y estaba de lo más complacido al ver a los dos oficiales que comenzaban a acomodarse en el auto. Movía la cola, los olisqueaba, les ponía las patas delanteras sobre los hombros y les ladraba de forma amistosa. «¡Perro zalamero!»-dijo El Filántropo entre dientes. Lo regañó por esa alcahuetería y le ordenó que se fuera para atrás. Y agregó: «pulgoso cobarde, no vayas a ensuciarle el uniforme a los honorables agentes». Uno de los polis se acomodó al lado de El Filántropo y el segundo se sentó en la parte de atrás, junto a Capitán. Bertilio consideraba su auto un templo sagrado. Y con ese par, ahí dentro profanándolo, se sentía como debe sentirse una foca, compartiendo la misma jaula con dos osos polares.

Incómodo, como un dandi mal vestido frente a una jeba, prendió la radio para no tener que dirigirles la palabra. Cuando apretó el botón, notó que la mano le temblaba. Buscó con desespero alguna música rítmica que le sirviera de pretexto para tamborilear la mano en el guía y hacer que el temblor pasara desapercibido. Finalmente, escuchó a Carlos Santana haciendo aullar su guitarra, y El Filántropo gritó un nervioso: «¡viva Méjico!» Uno de los agentes quiso saber si Bertilio era mexicano y él le respondió que sí, que él era del mero DF. A los policías les dio por cantar y se pusieron a cantar la canción de La Cucaracha. Intentando hacerlos callar, El Filántropo aceleró con brusquedad. Capitán por su parte se puso a aullar. Esperando que los agentes captaran el mensaje, El Filántropo gritó, «¡Capitán cállate, carajo que me vas a hacer volcar!». Los policías dejaron de cantar. Cuando llegaron al pueblito más cercano, uno de los policías dijo algo sobre un asesino en serie que lanzaba los cuerpos de sus víctimas en los lagos. Decían que las autoridades no habían podido atraparlo, pero que estaban cada vez más cerca de él. Al escuchar esto, El Filántropo dio un frenazo abrupto y a un auto que le pasó cerca le gritó: ¡hijopuuuta! Luego miró al policía que tenía a su lado, tratando de ganarse su aprobación. «¡Estos choferes andan como locos!» dijo, esperando que los agentes del orden apoyaran su observación. El poli, confundido, miró a su compañero. Seguramente estaban pensando, que de haber sabido lo temerario que era Bertilio al volante, hubieran preferido mil veces irse caminando.

Finalmente, llegaron al pueblito de Brewster y los policías prácticamente se lanzaron del auto, dichosos por haber llegado con vida. Dieron las gracias desde afuera, de la misma forma que se agradece a un ciclón por haber dejado a uno con vida. El Filántropo por su parte feliz de alejarse de ellos, les mostró su dedo pulgar en señal de victoria y se marchó a la carrera.

DÉCIMO TERCERO CAPÍTULO

||||||||||||||||||||||||||||||||||||||||||||||||||||||||||||||||||||||||||||||||||||

Con la llegada de los años, llega también la nostalgia. Nadie es capaz de escapar de la añoranza. Aun los que pretenden ser indiferentes al pasado, se tornan pensativos al recordar la tierra que los vio nacer. De la misma forma que los antiguos navegantes en el mar Egeo se cubrían los oídos para tratar de no escuchar el canto de las sirenas, así Bertilio trataba de ignorar el de la añoranza, sin ningún resultado. Aunque había vivido en cien ciudades, por entonces le dio por reconocer que no terminaba por completo de acoplarse a esta forma de vivir que llaman progreso. El aldeano que siempre había sido, ahora comenzaba a recobrar fuerza dentro de él. Cuando cumplió los cuarenta años, le dio por querer volver a respirar el olor que genera la tierra húmeda durante una llovizna, quería volver a escuchar el canto de los gallos en la mañana, aspirar y sentir el calor de una hoguera, escuchar el canto de los arroyos y caminar en la arena con los pies descalzos. Se pasaba horas enteras frente a la tele, mirando documentales sobre países de esos mal llamados del Tercer Mundo. Se enternecía, se le humedecían los ojos y sentía que se marchitaba por dentro cuando veía la imagen de una aldea empobrecida y eso le recordaba la aldea de donde había salido. Ver a tanta gente viviendo en la pobreza, ver niños descalzos pidiendo limosna, le dolía como una eminente espina en el corazón. Cada callecita de tierra que veía lo regresaba al pasado. Veía en cada niño que reparaba su bicicleta, al niño que él había sido. Y le daba por recordar que la vida es breve y que se repite en los demás. Cada puesta de sol, cada llovizna, cada flor, cada sonrisa de un niño, le decía que vale la pena vivir. Y más que nunca sintió aprecio por los hombres y las mujeres optimistas. «Sólo ellos tendrán la grandiosa oportunidad de ver un mañana más afortunado» -se decía. ¡Añoraba tanto lo que ya no tenía! Y ese sentimiento de estar aquí, pero con el alma allá, era como un canto melancólico, un lamento que lo hacía sentirse solo y triste y lo mordía por dentro.

Al azar, ponía un CD en el tocadiscos. Y era el de Dani Rivera cantando en mi viejo San Juan. Si sintonizaba una estación en la radio, escuchaba a Ramírez y Arias cantando La_nieve de los años o a Silvio Rodríguez cantando Oh Melancolía.

¿Qué por qué les cuento esta historia? ¿Qué por qué les relato las razones que llevaron a El Filántropo a ser quien fue? Porque es de honrados decir la verdad y que la gente luego piense lo que prefiera. Me es urgente contradecir todas las falacias que después de su muerte han contado de El Filántropo los periódicos sensacionalistas. Quizá sea también porque a un hombre que dio tanto de sí mismo, sería bueno que se le honre con la verdad.

Volviendo al tema de su soledad, les decía que a El Filántropo le gustaba andar en lo suyo. De la misma forma, no le interesaba saber los chismes ajenos, quien dijo qué, ni por que razón. Pero ¿saben ustedes quién era el peor enemigo de su soledad? Su perro.

En una ocasión hubo un torneo de futbol y Bertilio no se sorprendió al saber que uno de los dos equipos finalistas era el equipo que él entrenaba. El juego final y decisivo sería en el estadio de la universidad Hoscas, un prestigioso plantel en donde se educan los hijos de familias ricas del área. La sorpresa no acababa ahí. Los padres de los niños, quizás tratando de hacerle algún tipo de reconocimiento a El Filántropo, quisieron que Capitán fuera la mascota oficial del equipo. El Filántropo, que detestaba las multitudes hasta más no poder, les dio las gracias y trató de rechazar la oferta de la mejor forma, pero no le fue posible.

El día del evento llegó. En el estadio, por los altos parlantes, anunciaron el momento de empezar el partido. Entonces con la ovación del público salió el equipo anfitrión. Acompañándolo iba Bertilio con Capitán. Bertilio llevaba una gorra oscura enfundada hasta las cejas, y aparentaba estar concentrado observando la conducta de su perro, su verdadera intención era la de darse a conocer lo menos posible. Caminaron hasta el centro del terreno en donde los esperaba el alcalde, un juez civil y los tres árbitros del partido, Era un día de verano en que el sol resplandecía con la intención de convertir el planeta en un desierto. El discurso del alcalde era interminable. Primero, tímidamente y después con decisión, Capitán luchaba por escapársele de las manos a El Filántropo. Para que se sintiera más relajado, él lo bajó al suelo. En cuanto se vio libre, el perro corrió hasta uno de las plantas decorativas y se tomó el agua de uno de los tarros. Los de las cámaras no se perdieron un solo detalle, y en pantalla gigante, todos vieron cuando Capitán volvió a donde su dueño, levantó la pata y le meó los zapatos. La carcajada del público era contagiosa. El alcalde se sintió el comediante más afortunado del mundo, pues pensaba que se reían de sus chistes bobos. El momento tan esperado llegó.

Capitán debía hacer una maroma y eso era todo. Con una señal de la mano de Bertilio, Capitán haría una pirueta. La pirueta que el Capitán hizo no fue lo que se esperaban. Bertilio le mostró la galleta y le hizo una señal para que actuara. Capitán lo miró, como si no lo hubiera conocido. Luego se alejó, corriendo a toda prisa. Llegó al centro del terreno de juego, y como si hubiera estado en frente de la casa de mi vecino, lugar preferido para el cagar, se aplastó a fetiar abundantemente. La ovación del público fue ensordecedora.

Un día de tanto alboroto no fue remedio para espantarle la melancolía a El Filántropo. Esa misma noche en cuanto se quedó dormido, la tristeza no se hizo esperar. Soñó que hacía un viaje en una locomotora. El recorrido le resultaba parecido. Al llegar a la estación final reconoció el lugar al instante. Era La Divina Providencia, la aldea en donde había nacido, y vivido sus primeros años. El eco del progreso ahora había llegado en el tren. El lugar, sin embargo, lucía igual que siempre. Una pobreza extrema propia de los años treinta, azotaba a su gente. Volver a la aldea era volver a un rincón del pasado vedado al paso del tiempo. La tierra continuaba siendo arada por un primitivo artificio de hierro tirado por bueyes. La comunicación con los pueblos del litoral era posible mediante el transporte a caballo. El correo, que llegaba una vez al mes, era el único contacto con el resto del mundo.

Una muchedumbre esperaba a El Filántropo en la estación con pancartas de bienvenida anunciando cosas como: ¡lo esperábamos su santidad!, ¡Bienvenido sea santo padre! ¡Dios bendiga la filantropía! ¡Dios bendiga al primer papa que dio esta aldea! Entre los que esperaban, Bertilio reconoció a Pedro Josecito, a doña Genara Adames, a Pedro Moya el árabe, a María Luna, a Gladis Mármol, a Eliseo Vargas, a Olivia Rodriguez, a Antonio, a Idilio y a Fernando Fernández y a toda una multitud de difuntos. Jorge Collado el Padrote, quien había muerto hacía ya más de veinte años, acompañado de un grupo de acordeón le cantaba: «volvió, volvió, volvió Juanita. Vamos a celebrar con una fiestecita». El tren finalmente se detuvo en la estación y en el momento en que se disponía a abrir la puerta, Bertilio dio una vuelta en la cama y se despertó.

DÉCIMO CUARTO CAPÍTULO

||||||||||||||||||||||||||||||||||||||||||||||||||||||||||||||||||||||||||||||||||||||||||

Al día siguiente, Bertilio Suárez visitó una ferretería localizada en uno de los barrios de la ciudad. Necesitaba comprar piezas de cañería para uno de sus próximos trabajos. Bertilio sintió sed y caminó al comercio más cercano. Volvió a la calle tomándose un refresco de tamarindo a grandes sorbos. Estaba delicioso. Se dijo que al final del día volvería a tomarse otro. Se volvió a leer el rótulo del lugar y fue entonces cuando notó que en el primer piso del edificio que estaba justo al lado había un elegante restaurante que anunciaba Pelícano Restoranti. Un frío le recorrió la espalda y se le desvaneció el apetito. Capitán pareció ser testigo de la tribulación de su amo, pues lo observó con detenimiento, le lamió una mano y soltó un gritito.

El Filántropo, ahora sin estarlo buscando, había encontrado a Thomas Pelícano. Matarlo fue la razón por la que había llegado a esta ciudad. No perdió tiempo. Esa misma tarde contactó a los padres de los niños que entrenaba y les informó que no los podría entrenar por algún tiempo. Lo mismo le dijo a la banda de músicos del pueblo. Y desde entonces se dio por entero a calcular como liquidar a Pelícano.

La experiencia le había enseñado a El Filántropo que los tipos que más se cuidan cuando salen a la calle, bajan la guardia cuando están en sus casas, pues erróneamente piensan que sus enemigos nunca se arriesgarían a metérsele en la boca al lobo. En eso no podían estar más equivocados. El Filántropo, sin embargo nunca hubiera considerado ajusticiarlo en su casa; pues podía haber niños y su esposa podía ser una mujer noble.

El Filántropo tendría que pescarlo en su lugar de trabajo, preferiblemente en unas de sus andanzas nocturnas. Lo estudió. Supo de él cosas que resultaban ser irrelevantes para el propósito de matarlo. Pero para calmar cualquier curiosidad mórbida suyas, se las cuento de una vez también: se enteró que su salario de empleado público no era muy superior al de un plomero, como Bertilio. No obstante, Pelícano tenía tres mansiones en los suburbios de esta ciudad. Tenía además un yate de lujo aparcado en el río del este, cuatro casas de alquilar en el centro de la ciudad y numerosas amantes. Algunas de ellas eran exesposas de examigos, que murieron todos en circunstancias peculiares, para no decir sospechosas. Cabe decir que esos exesposos muertos eran todos del mismo entorno social que Pelícano. Eran hijos de emigrantes portugueses e italianos ya económicamente bien establecidos en esta nueva tierra. A El Filántropo le pareció un tanto peculiar el hecho de que a pesar de esas muertes (posiblemente asesinatos) ningún familiar movió un dedo en señal de protesta. Pero sabrían ellos de sus motivos. Esas confidencias no se la contó a El Filántropo un pajarito, como dicen algunos. Primero porque los pajaritos no hablan, segundo el que escucha a los pajaritos hablando es porque está profundamente drogado y El Filántropo no se drogaba y tercero aun si lo pajaritos hablaran no anduvieran metiéndose en asunto tan complicado como las loqueras de los humanos. De todas formas, al Filántropo no le interesaba esos pobres ricos. El

Filántropo estaba más interesado en hacer posible los pequeños sueños de la gente simples, que en saber los problemas que aquejaban a los ricos.

Las oficinas del Departamento de Salubridad estaban localizadas en el Barrio Chino de esta ciudad. Una semana completa, El Filántropo vigiló el entrar y el salir de la guarida de su próxima víctima. Pelícano debió conocer los beneficios de practicar el Thai Chi. Pues a diario durante la hora del almuerzo, El Filántropo lo veía llegar al parque más próximo a practicar dichos ejercicios. Al concluir, para estirar los músculos, Pelícano hacía una serie de estiramientos. Aquí Bertilio se moría de la risa al verlo con traje y corbata tratando de tocar el suelo con la yema de los dedos, sin doblar las rodillas. Para diversión de Bertilio, Pelícano se le parecía a un gato escarbando para enterrar un mojón. Al atardecer, cuando salía de su empleo, El Filántropo lo seguía en auto hasta verlo entrar al edificio de almacenamiento en donde tenía su centro de operaciones.

Desde el primer instante que observó el nivel de vigilancia del edificio, El Filántropo supo que ejecutar el plan que se había propuesto iba ser difícil. La vigilancia era tal, que al parecer un gran grosor del crimen organizado debió trabajar allí. En un solo día contó a seis testaferros disfrazados de mendigos, apostados en diferentes puntos del perímetro del edificio. El lugar estaba más vigilado que un palacio de justicia. Había además un barrendero, un jardinero, dos porteros y algunos vagos de aspecto común, que les parecían estar muy atentos para pasar por simples civiles. Incluso, si se les observaba con cuidado se podía concluir que llevaban armas debajo de los brazos.

Para comprobar su sospecha, El Filántropo le regaló a un niño del área unas docenas de montantes y un puñado de monedas. Le encargó que los explotara frente al edificio. El niño se marchó, y cinco minutos no habían pasado, cuando se detonó la primera explosión. El Filántropo vio a dos mendigos y a un supuesto inválido desfundar sus armas y acorralaron al niño. El Filántropo pronto notó un patrón de conducta en los vigilantes: la protección aumentaba en horas de la noche y los fines de semanas. Los días laborales, por el contrario, la vigilancia estaba al mínimo. Y eso llevó al Filántropo a la conclusión de que debía ejecutar el plan durante las horas del día. Mejor aún, fue saber que el número de vigilantes decrecía a medida que pasaban los días. El Filántropo llegaba desde las tempranas horas de la mañana, se sentaba en el parque a fingir leer el periódico. Y cada mañana veía a los mismos testaferros, disfrazados de mendigos que no se movían de sus puestos hasta que eran sustituidos por otros falsos mendigos en horas de la noche.

Uno de esos días de vigilancia, El Filántropo decidió ir a caminar por los alrededores y tuvo una experiencia única. Sin darse ni cuenta llegó hasta el Puente de la Libertad. Al puente lo llaman así «Puente de la Libertad» porque debajo de él se practica el amor sin restricciones. Las autoridades locales dándole mérito al dicho «hacer el amor y no la guerra» habían decidido honrar la voluntad popular y les habían ordenado a los agentes del orden respetar esa zona neutral. Allí se puede comprar una buena sesión de sexo a cualquier hora del día o de la noche, sin temor a ser sorprendido por una patrulla.

El Filántropo andaba por allí, como todo un buen mamífero que se ha criado sin poder satisfacer sus anhelos lácteos y buscaba en donde apagar la sed, cuando un tronco de rubia le cruzó el paso y lo dejó boquiabierto. Tenía una abundante cabellera que le adornaba la espalda. Tremendo cuerpo tenía la jeva: piernas largas bien torneadas, manos delicadas y un caminar que despertaba la imaginación. El Filántropo se dijo que esa mamacita era la medida perfecta de lo que él necesitaba. Tenía unas caderas que eso era de lo último, las uñas cuidadas y pintadas de un rojo rechinante. Sin perder un solo segundo, pues El Filántropo se quejaba de llegar siempre tarde a la repartición de carne, se le acercó y le dijo: «hola, diosa de amor». Ella, con una sonrisa radiante y una voz aguardentosa le respondió: «hola papi» e hizo ademanes de levantarse la falda, pero se detuvo. Ella notó que El Filántropo, mientras le hablaba, trataba de escudriñar el costado de su vestido, y eso la hacía a ella muy feliz. Se sentaron a hablar en el parque. La rubia, como si lo hubiera pensado una vez más volvió a sonreír y le preguntó ¿te gusta así, papito? y por debajo de su hermoso vestido, El Filántropo vio emerger una descomunal tranca erecta que lo dejó anonadado. El Filántropo recobró la cordura al momento e incorporándose dijo: «¡Perdón, prefiero los tacos a los hot dogs!»- y se alejó de allí espantado como el diablo cuando ve una cruz.

Pero la curiosidad de El Filántropo pudo más que su terror. Ya más calmado en su auto, decidió investigar a la falsa rubia. Se ocultó y la observó en acción. En hora de la tarde la vio caminar hasta la estación del autobús. La siguió hasta su apartamento, una casa de dos pisos que estaba no muy lejos de allí. Y minutos después vio a un mendigo volver a salir de ese lugar. El Filántropo se le acercó para preguntarle si conocía a una rubia que vivía en el segundo piso. Los ojos color de almendra del mendigo lo delataron. Se reconocieron mutuamente. El tipo que se vestía de rubia, ahora se había transformado en un mendigo con bastón, y sombrero de espantapájaros. El mendigo fue más rápido que El Filántropo y al sentirse delatado le sonrió y con intención de sacarse el tallo una vez más, le volvió a preguntar: «¿Dime papi, como es que te gustan?». Algo tardío, El Filántropo mal fingió no saber de lo que le estaba hablando. Petrificado, de sorpresa una vez más, El Filántropo decidió no continuar buscándole las cinco patas al gato.

Al día siguiente de su encuentro con la rubia/mendigo, Bertilio volvió a aguaitar la vigilancia del edificio en donde operaba el Pelícano. Y al comprobar que la seguridad era mínima, decidió que era la hora de actuar. Volvió a casa y vistió su uniforme de fontanero. Sacó de un ropero una Cold 45 para que lo librara de todo mal. Luego, tomó la caja de las herramientas y buscó a Capitán.

Es bien sabido que los perros poseen sentidos premonitorios. que pueden presentir lo que se aproxima y ver lo que nosotros los humanos, seres tristemente limitados por nuestros sentidos somos incapaces de percibir. Esa vez Capitán se escondió debajo de la cama y reusaba salir. Cuando El Filántropo, halándolo de una pata lo sacó, se sorprendió al ver que el perro había estado llorando y temblaba. Por un instante El Filántropo pensó que se había enfermado. Pero luego dejó de temblar y como resuelto a enfrentar una inevitable realidad, miró a El Filántropo a los ojos, con detenimiento, como quien ve el retrato de un amigo que está muy lejos. Luego, Capitán se dejó llevar dócilmente al auto. Rehusó acostarse en el asiento del pasajero; en lugar de eso se le acostó sobre las piernas. Le lamía las manos, y no dejaba de mirarlo a la cara. Entonces, le dio por aullar, como si hubiera estado llamando a todos y a cada uno de los miembros de su especie. El Filántropo pensó que de seguir así le arruinaría el plan pues sus aullidos lo delatarían. Pero al llegar al lugar destinado, el perro mantuvo el silencio.

Bertilio planeaba entrar al edificio adyacente, subir a la azotea e investigar la vigilancia. Si alguien quería saber qué estaba haciendo él allí, le informaría que estaba haciendo un trabajo de cañería. Si no había vigilancia, entraría por el techo.

La azotea estaba despejada. El Filántropo llevaba a Capitán escondido en la mochila colgada a la espalda. Con un detector, revisó la puerta en busca de alarmas. No había. Forzó la cerradura y entraron. Eran las primeras horas del anochecer y mucha gente aún no había llegado a sus hogares. Para entonces, el Pelícano debía estar en la oficina unos tres pisos más abajo. Tomaron el ascensor en el piso dieciocho. Capitán no dejaba de moverse en la mochila, estaba incómodo ahí dentro. El Filántropo lo sacó y lo bajó al piso. Llegaron hasta el sótano y en un rincón apartado, El Filántropo subió a Capitán sobre un tanque vacío y le dijo: «amigo, espérame aquí, ya regreso». Capitán movió la cola, en señal de aprobación. Nuevamente, El Filántropo tomó el ascensor hasta el quinto piso. Al salir vio a una mujer con tres niños esperando el ascensor. El Filántropo le dio las buenas tardes sin mirarla a la cara. El piso ahora estaba desierto. Llegó hasta la puerta que indicaba: apartado 5K. En otra ocasión, ese número le hubiera hecho recordar las incontables carreras de cinco kilómetros en que había competido. Ahora, sin embargo, tenía los músculos tensos y no había tiempo para pensar en otra cosa que no hubiera sido terminar con Pelícano. Tocó a la puerta y esperó. La caja de las herramientas pesaba como una condena y la colocó en el piso. Se disponía a tocar de nuevo, pero escuchó pasos dentro que se aproximaban. Si estaba acompañado, Bertilio se disculparía y fingiría que se había equivocado de puerta. Si estaba solo, bueno, esa sería la última tarde de su vida.

«¿Quién es?» -preguntó una voz de adentro.

«Es Milán Kundera» -le respondió El Filántropo.

«Arnold, no estoy para juegos, ¿qué quieres?», le respondió Pelícano, al mismo tiempo que abría la puerta.

Acto seguido El Filántropo le colocó el cañón de su cold 45 entre los ojos y le respondió: «gracias por llamarme Arnold, pero no soy tan musculoso». El Filántropo cerró la puerta y entraron a la oficina. Pelícano sabía que la hora le había llegado. Tanta burla, tanto cinismo contra los más necesitados tenía un precio y ahora alguien había venido a cobrarle la cuenta. «Qué vaina»-se dijo él al ver que El Filántropo no había ido a hacerle un cuento de hadas. «¡No me mates!»- dijo Pelícano y agregó: «Llévate todo el dinero, mira ahí está en ese cajón». El Filántropo le sonrió y le respondió: «no, el dinero no es suficiente para que pagues todo lo que has hecho. ¿Cuánto pagas por el sufrimiento que le causaste a tanta gente?, ¿Cuánto pagas por la humillación que le causaste a todos los inmigrantes indocumentados? y ¿Cuánto crees que cuesta el hambre que le causaste a tantos niños en américa latina? Entonces, el Pelícano se le fue encima tratando de arrebatarle la pistola a El Filántropo. En el forcejeo la pistola cayó al suelo y se disparó. Varios agujeros silenciosos aparecieron en la pared. Mientras El Filántropo recuperaba el arma, Pelícano llegó a su escritorio, introdujo la mano en una gaveta, posiblemente con la intención de sacar otra arma de fuego. Pero sin darle tiempo a reaccionar, El Filántropo le disparó cuatro tiros en el pecho. Por un instante, el hombre pareció resistir la descarga, pero luego sus piernas se tornaron de algodón, y se desplomó en el suelo. El Filántropo se lamentó de no haber podido liquidarlo a vergazos, para que tuviera tiempo de valorar con dolor propio el sufrimiento de sus víctimas. Luego El Filántropo se percató de que, durante el forcejeo, Pelícano pudo activar la alarma. Salió al pasillo y al ver la luz de la alarma sobre la puerta, supo que la posibilidad de salir invicto de allí era muy poca. Escuchó pasos apresurados que subían y se acercaban por la escalera. Volvió a entrar a la oficina. Salió por una ventana a la escalera contra incendios y comenzó a descender. Al momento de saltar a la calle, recordó que había dejado a Capitán esperando en el sótano. Volvió a entrar de nuevo. Salió al segundo piso. El edificio ahora estaba en caos. Al abrir la puerta que daba al sótano, el cañón de una pistola le detuvo el paso. Miró al que le apuntaba, y era el mendigo travesti. Y le dice a El Filántropo en voz baja: «¡carajo, tú una vez más. Sigue, yo no te he visto».

Hizo un gesto de complicidad y le cedió el paso. El Filántropo llegó a donde estaba Capitán. Se lo llevó a toda prisa. El perro pareció entender la seriedad del aprieto en que estaban, pues se mantuvo quieto. El Filántropo llevaba la pistola al cinto, el perro cargado en la mano izquierda, y la caja de las herramientas en la derecha.

Volvieron al primer piso. El pasillo estaba desierto. Y para no despertar sospechas, El Filántropo decidió no echarse a correr. Caminaba rápido, pero sin parecer alarmado. Voces sonaron a varios pisos sobre su cabeza. El Filántropo apretó a Capitán contra su pecho, pues dicen que el calor de la amistad fortalece el valor. Necesitaba darse fortaleza. A pocos pasos de ellos podían ver la luz plomiza del anochecer, que como un monstro oscuro comenzaba a caer sobre el mundo. Podía ver la calle que vibraba con tanta gente volviendo a sus hogares. Escuchó una puerta que se abrió a su espalda. Una voz le ordenó: «¡detente!» El Filántropo la ignoró y continuó.

Escuchó voces que llegaban de diferentes direcciones y que decían algo sobre un plomero. Luego, a su espalda, El Filántropo vio una luz como el relámpago de una cámara que se detonó y de inmediato sintió un calor inmenso que le desgarró la espalda. Le habían disparado. La bala le atravesó el cuerpo y alcanzó a Capitán. El Filántropo sintió su perro estremecerse y expirar de inmediato. Vio la cabellera algodonada de Capitán teñirse de rojo y trató de decirle que no se muriera, que ya habían estado en situaciones difíciles y habían sobrevivido. Pero la voz no le salió y sólo produjo un mugido como de becerro. Otro impacto de bala lo hizo perder el balance del cuerpo y El Filántropo cayó al suelo. Desde la calle llegaban las bocinas de los autos y voces alarmadas. Alguien sorprendido reconoció a El Filántropo y dijo: «es Bertilio, el plomero». El Filántropo desde el suelo veía lo que ocurría, como la escena de una película en cámara lenta. Al ver muerto a su perro y saber que él también estaba agonizando, El Filántropo sintió una emoción parecida a la confianza, pues le pareció escuchar el timbre de una voz que era idéntica a la de su amigo Virgilio que le decía: «recuerda que la vida no es más que una chispa de luz en las tinieblas de la eternidad». Y él se conformó pensando que en esa eternidad su amigo estaría esperándolo. El Filántropo pensó que le hubiera gustado volver a la Divina Providencia. Y como si le hubieran otorgado un último deseo, en la memoria volvió a ver las casitas de madera rústica con techos de palma cana. Volvió a ver caminitos de tierra y pulperías con patios en donde habían labriegos fumando pipa y jugando al dominó. Vio además niños descalzos jugando en el polvo de un patio. Y entre ellos vio un perrito blanco parecido a Capitán. Con el último aliento El Filántropo apretó contra su pecho el cuerpecito muerto de Capitán y a su rostro afloraron indicios de una sonrisa al comprender que hasta el último momento de su vida el universo, el más generoso de los dioses, había sido afable con él, pues morir abrazado a un amigo es la más bondadosa de todas las muertes. Entonces, todo se volvió oscuro y frío.

CPSIA information can be obtained
at www.ICGtesting.com
Printed in the USA
JSHW081152240323
39413JS00001B/78